小山词

[宋] 晏几道 著

四川文艺出版社

序

　　《补亡》一编，补乐府之亡也。叔原往者，浮沉酒中，病世之歌词不足以析酲解愠，试续南部诸贤绪馀，作五、七字语，期以自娱。不独叙其所怀，兼写一时杯酒间闻见、所同游者意中事。尝思感物之情，古今不易，窃以谓篇中之意。昔人所不遗，第于今无传尔。故今所制，通以"补亡"名之。

　　始时，沈十二廉叔、陈十君龙家，有莲、鸿、蘋、云，品清讴娱客。每得一解，即以草授诸儿。吾三人持酒听之，为一笑乐。已而君龙疾废卧家，廉叔下世，昔之狂篇醉句，遂与两家歌儿酒使，俱流转于人间。自尔邮传滋多，积有窜易。七月己巳，为高平公缀缉成编。追惟往昔过从饮酒之人，或垄木已长，或病不偶。考其篇中所记悲欢合离之事，如幻如电、如昨梦前尘，但能掩卷怃然，感光阴之易迁，叹境缘之无实也。

晏叔原，临淄公之暮子也。磊傀权奇，疏于顾忌，文章翰墨，自立规摹，常欲轩轾人，而不受世之轻重。诸公虽称爱之，而又以小谨望之，遂陆沉于下位。平生潜心六艺，玩思百家，持论甚高，未尝以沽世。余尝怪而问焉。曰："我盘跚勃窣，犹获罪于诸公，愤而吐之，是唾人面也。"乃独嬉弄于乐府之余，而寓以诗人之句法，清壮顿挫，能动摇人心。士大夫传之，以为有临淄之风耳，罕能味其言也。余尝论：叔原，固人英也，其痴亦自绝人。爱叔原者，皆愠而问其目。曰："仕宦连蹇，而不能一傍贵人之门，是一痴也。论文自有体，不肯一作新进士语，此又一痴也。费资千百万，家人寒饥，而面有孺子之色，此又一痴也。人百负之而不恨，己信人，终不疑其欺己，此又一痴也。"乃共以为然。虽若此，至其乐府，可谓狎邪之大雅，豪士之鼓吹，其合者

[宋]黄庭坚

高唐、落神之流,其下者岂减桃叶、团扇哉?余少时间作乐府,以使酒玩世。道人法秀独罪余以笔墨劝淫,于我法中当下犁舌之狱,特未见叔原之作也。虽然,彼富贵得意,室有倩盼惠女,而主人好文,必当市致千金,家求善本。曰:独不得与叔原同时耶!若乃妙年美士,近知酒色之虞;苦节臞儒,晚悟裙裾之乐,鼓之舞之,使宴安酖毒而不悔,是则叔原之罪也哉?山谷道人序。

目录

临江仙
1 斗草阶前初见
2 身外闲愁空满
2 淡水三年欢意
3 浅浅馀寒春半
3 长爱碧阑干影
5 旖旎仙花解语
5 梦后楼台高锁
6 东野亡来无丽句

蝶恋花
7
8 卷絮风头寒欲尽
8 初捻霜纨生怅望
9 庭院碧苔红叶遍

9 喜鹊桥成催凤驾
11 碧草池塘春又晚
11 碾玉钗头双凤小
12 醉别西楼醒不记
12 欲减罗衣寒未去
13 千叶早梅夸百媚
13 金剪刀头芳意动
14 笑艳秋莲生绿浦
14 碧落秋风吹玉树
17 碧玉高楼临水住
17 梦入江南烟水路
18 黄菊开时伤聚散

目录

contents

小山词

鹧鸪天

- 19 彩袖殷勤捧玉钟
- 20 一醉醒来春又残
- 20 梅蕊新妆桂叶眉
- 21 守得莲开结伴游
- 21 斗鸭池南夜不归
- 23 当日佳期鹊误传
- 23 题破香笺小砑红
- 24 清颍尊前酒满衣
- 24 醉拍春衫惜旧香
- 25 小令尊前见玉箫
- 25 楚女腰肢越女腮
- 26 十里楼台依翠微

- 28 陌上濛濛残絮飞
- 28 晓日迎长岁岁同
- 29 小玉楼中月上时
- 29 手捻香笺忆小莲
- 31 九日悲秋不到心
- 31 碧藕花开水殿凉
- 32 绿橘梢头几点春

生查子

- 33
- 34 金鞭美少年
- 34 轻匀两脸花
- 35 关山魂梦长
- 35 坠雨已辞云
- 37 一分残酒霞
- 37 轻轻制舞衣

38	红尘陌上游
38	长恨涉江遥
40	远山眉黛长
40	落梅庭榭香
41	狂花顷刻香
41	官身几日闲
42	春从何处归
43	**南乡子**
44	渌水带青潮
44	小蕊受春风
45	花落未须悲
45	何处别时难
47	画鸭懒熏香
47	眼约也应虚
48	新月又如眉
49	**清平乐**
50	留人不住
50	千花百草
51	烟轻雨小
51	可怜娇小
53	红英落尽
53	春云绿处
54	波纹碧皱
54	西池烟草
56	蕙心堪怨
56	幺弦写意

目录 — 6

57	笙歌宛转
57	暂来还去
59	双纹彩袖
59	寒催酒醒
61	莲开欲遍
61	沉思暗记
62	莺来燕去
62	心期休问
63	**木兰花**
64	秋千院落重帘暮
64	小颦若解愁春暮
65	小莲未解论心素
65	风帘向晚寒成阵
67	念奴初唱离亭宴
67	玉真能唱朱帘静
68	阿茸十五腰肢好
68	初心已恨花期晚
69	**减字木兰花**
69	长亭晚送
70	留春不住
70	长杨辇路
72	**泛清波摘遍**
73	
74	催花雨小
75	**洞仙歌**
76	春残雨过
77	**菩萨蛮**
78	来时杨柳东桥路

小山词 —— 7

目录 8

87	清歌学得秦娥似
87	琼酥酒面风吹醒
86	一尊相遇春风里
86	雕鞍好为莺花住
85	**玉楼春**
84	相逢欲话相思苦
83	江南未雪梅花白
83	哀筝一弄湘江曲
81	香莲烛下匀丹雪
81	娇香淡染胭脂雪
79	春风未放花心吐
79	莺啼似作留春语
78	个人轻似低飞燕

97	天边金掌露成霜
97	旧香残粉似当初
96	来时红日弄窗纱
96	粉痕闲印玉尖纤
95	**阮郎归**
94	轻风拂柳冰初绽
93	芳年正是香英嫩
93	采莲时候慵歌舞
92	当年信道情无价
92	红绡学舞腰肢软
90	斑骓路与阳台近
90	东风又作无情计
89	离鸾照罢尘生镜
89	旗亭西畔朝云住

98 晚妆长趁景阳钟

归田乐

99 试把花期数

浣溪沙

100 试把花期数
101 浣溪沙
102 二月春花厌落梅
102 卧鸭池头小苑开
103 二月和风到碧城
103 白纻春衫杨柳鞭
104 床上银屏几点山
104 绿柳藏乌静掩关
106 家近旗亭酒易酤
106 日日双眉斗画长
107 飞鹊台前晕翠蛾

107 午醉西桥夕未醒
108 一样宫妆簇彩舟
108 已拆秋千不奈闲
109 闲弄筝弦懒系裙
109 团扇初随碧篴收
111 唱得红梅字字香
111 翠阁朱阑倚处危
112 小杏春声学浪仙
112 铜虎分符领外台
113 浦口莲香夜不收
113 莫问逢春能几回
114 楼上灯深欲闭门

六幺令

115 六幺令
116 绿阴春尽

目录 —— 10

124 绿绮琴中心事
124 对镜偷匀玉箸
123 何满子
122 欲论心
122 出墙花
121 露华高
121 柳丝长
120 柳间眠
120 槛花稀
119 更漏子
118 日高春睡
117 雪残风信

136 翠幕绮筵张
136 丽曲醉思仙
135 小绿间长红
135 高阁对横塘
133 浪淘沙
132 街南绿树春饶絮
132 年光正似花梢露
131 御街行
130 春罗薄
129 花阴月
129 凭江阁
127 愁倚阑令
126 晓日当帘
125 于飞乐

丑奴儿

137　昭华凤管知名久
138　日高庭院杨花转
138　
诉衷情
139　
140　种花人自蕊宫来
140　净揩妆脸浅匀眉
141　渚莲霜晓坠残红
141　凭觞静忆去年秋
143　小梅风韵最妖娆
143　长因蕙草记罗裙
144　御纱新制石榴裙
144　都人离恨满歌筵

破阵子

145　
146　柳下笙歌庭院
好女儿
147　
148　绿遍西池
148　酌酒殷勤
点绛唇
149　
150　花信来时
150　明日征鞍
151　碧水东流
151　妆席相逢
152　湖上西风
两同心
153　
154　楚乡春晚

目录 12

155 少年游
156 绿勾阑畔
156 西溪丹杏
157 离多最是
157 西楼别后
158 雕梁燕去
159 虞美人
160 闲敲玉镫隋堤路
160 飞花自有牵情处
161 曲阑干外天如水
161 疏梅月下歌金缕
163 玉箫吹遍烟花路
163 秋风不似春风好

165 小梅枝上东君信
165 湿红笺纸回文字
166 一弦弹尽仙韶乐
167 采桑子
168 秋千散后朦胧月
168 花前独占春风早
169 芦鞭坠遍杨花陌
169 日高庭院杨花转
171 征人去日殷勤嘱
171 花时恼得琼枝瘦
172 春风不负年年信
172 秋来更觉销魂苦
174 谁将一点凄凉意

174	宜春苑外楼堪倚
175	白莲池上当时月
175	高吟烂醉淮西月
177	前欢几处笙歌地
177	无端恼破桃源梦
178	年年此夕东城见
178	双螺未学同心绾
179	西楼月下当时见
179	非花非雾前时见
181	当时月下分飞处
181	湘妃浦口莲开尽
182	别来长记西楼事
182	红窗碧玉新名旧

184	金风玉露初凉夜
184	心期昨夜寻思遍
185	**踏莎行**
187	柳上烟归
187	宿雨收尘
188	绿径穿花
188	雪尽寒轻
189	**满庭芳**
190	南苑吹花
191	**留春令**
193	画屏天畔
193	采莲舟上
194	海棠风横

目录 —— 14

页码	词牌	首句
195	风入松	柳阴庭院杏梢墙
196		心心念念忆相逢
196	清商怨	
197		庭花香信尚浅
198	秋蕊香	
199		池苑清阴欲就
200		歌彻郎君秋草
200	思远人	
201		红叶黄花秋意晚
202	碧牡丹	
203		翠袖疏纨扇
204		
205	长相思	
206		长相思
207	醉落魄	
209		满街斜月
209		鸾孤月缺
210		天教命薄
210		休休莫莫
211	望仙楼	
212		小春花信日边来
213	凤孤飞	
214		一曲画楼钟动
215	西江月	
216		愁黛颦成月浅

216	南苑垂鞭路冷
217	**武陵春**
219	绿蕙红兰芳信歇
219	九日黄花如有意
220	烟柳长堤知几曲
221	**解佩令**
222	玉阶秋感
223	**行香子**
224	晚绿寒红
225	**庆春时**
226	倚天楼殿
226	梅梢已有
227	**喜团圆**
228	危楼静锁
229	**忆闷令**
230	取次临鸾匀画浅
231	**梁州令**
232	莫唱阳关曲
233	**燕归梁**
234	莲叶雨
235	**附录一**
236	**胡捣练**
237	小亭初报一枝梅
238	**扑蝴蝶**
239	风梢雨叶
240	**丑奴儿**
241	夜来酒醒清无梦
242	**谒金门**
243	溪声急

临江仙

原为唐代教坊曲,后为词牌名。双调,五十八字,上下阕各五句,三平韵。此调音节和谐舒缓,轻松愉悦,多为艳情之声。另有其他变体。

临江仙

斗草[1]阶前初见，穿针[2]楼上曾逢。罗裙香露玉钗风。靓妆眉沁绿，羞脸粉生红。

流水便随春远，行云[3]终与谁同。酒醒长恨锦屏空。相寻梦里路，飞雨落花中。

临江仙

身外闲愁空满，眼中欢事常稀。明年应赋送君诗。细从今夜数，相会[4]几多时。

浅酒欲邀谁劝，深情惟有君知。东溪[5]春近好同归。柳垂江上影，梅谢雪中枝。

---

1 斗草：古代春夏间的一种游戏。
2 穿针：指农历七月七日乞巧节。
3 行云：这里指心爱的女子行踪不定。
4 相会：相聚。
5 东溪：泛指风景优美的地方。

临江仙

淡水[1]三年欢意，危弦几夜离情。晓霜红叶舞归程。客情今古道，秋梦短长亭。

渌酒[2]尊前清泪，阳关叠[3]里离声。少陵诗思旧才名。云鸿相约处，烟雾九重[4]城。

临江仙

浅浅馀寒春半，雪消蕙草初长。烟迷柳岸旧池塘。风吹梅蕊闹，雨细杏花香。

月堕枝头欢意，从前虚梦高唐[5]。觉来何处放思量。如今不是梦，真个到伊行[6]。

---

1 淡水：指不以势利为基础的友情。
2 渌（lù）酒：美酒。
3 阳关叠：泛指离别时唱的歌曲。
4 九重：因王城之门有九道，指天子所居之地。
5 高唐：比喻好事如梦。
6 伊行：你这里。

临江仙

长爱碧阑干影,芙蓉秋水开时。脸红凝露学娇啼。霞觞熏冷艳,云髻袅纤枝。

烟雨依前时候,霜丛如旧芳菲。与谁同醉采香[1]归?去年花下客,今似蝶分飞。

临江仙

旖旎仙花解语,轻盈春柳能眠[2]。玉楼深处绮窗前。梦回芳草夜,歌罢落梅天[3]。

沉水浓熏绣被,流霞[4]浅酌金船[5]。绿娇红小正堪怜。莫如云易散,须似月频圆。

---

1 采香:采莲。
2 春柳能眠:形容柳条的柔垂。
3 落梅天:指五月。
4 流霞:美酒。
5 金船:酒器。

临江仙

梦后楼台高锁,酒醒帘幕低垂。去年春恨却来[1]时。落花人独立,微雨燕双飞。

记得小蘋初见,两重心字罗衣。琵琶弦上说相思。当时明月在,曾照彩云[2]归。

临江仙

东野[3]亡来无丽句,于君去后少交亲。追思往事好沾巾。白头王建[4]在,犹见咏诗人。

学道深山空自老,留名千载不干身。酒筵歌席莫辞频。争如南陌上,占取一年春。

1　却来:又来,再来。
2　彩云:比喻美人。
3　东野:唐代诗人孟郊,字东野。
4　王建:唐代诗人,以工乐府著称。

原为唐教坊曲，后为词牌名。以冯延巳《蝶恋花》（六曲阑干偎碧树）（一作晏殊词）为正体，双调，六十字，上下阕各五句，四仄韵。另有其他变体。

蝶恋花

卷絮风头寒欲尽。坠粉飘红,日日香成阵。新酒又添残酒困。今春不减前春恨。

蝶去莺飞无处问。隔水高楼,望断双鱼[1]信。恼乱层波横一寸[2]。斜阳只与黄昏近。

蝶恋花

初捻霜纨[3]生怅望。隔叶莺声,似学秦娥唱。午睡醒来慵一饷。双纹翠簟铺寒浪。

雨罢蘋风[4]吹碧涨。脉脉荷花,泪脸红相向。斜贴绿云[5]新月上。弯环[6]正是愁眉样。

---

1 双鱼:书简。
2 横一寸:即眼目。
3 霜纨:洁白如霜的细绢,这里指团扇。
4 蘋(pín)风:微风。
5 绿云:比喻女子的头发黑如翠黛,浓似乌云。
6 弯环:弯曲如环,喻指女子的眉毛。

蝶恋花

庭院碧苔红叶遍。金菊开时,已近重阳宴。日日露荷凋绿扇[1]。粉塘烟水澄如练[2]。

试倚凉风醒酒面。雁字来时,恰向层楼见。几点护霜云影转。谁家芦管吹秋怨?

蝶恋花

喜鹊桥成催凤驾。天为欢迟,乞与初凉夜。乞巧双蛾加意画。玉钩[3]斜傍西南挂。

分钿擘钗凉叶下。香袖凭肩,谁记当时话。路隔银河犹可借。世间离恨何年罢。

---

1 绿扇:指荷叶。
2 澄如练:形容水清澈洁白。
3 玉钩:喻指弯月。

蝶恋花

碧草池塘春又晚。小叶[1]风娇,尚学娥妆浅。双燕来时还念远。珠帘绣户杨花满。

绿柱频移弦易断。细看秦筝,正似人情短。一曲啼鸟心绪乱。红颜暗与流年换。

蝶恋花

碾玉钗头双凤小。倒晕[2]工夫,画得宫眉巧。嫩[3]鞠罗裙胜碧草,鸳鸯绣字春衫好。

三月露桃春意早。细看花枝,人面争多少。水调声长歌未了。掌中杯尽东池晓。

---

1 小叶:初破芽的嫩叶。
2 倒晕:唐宋时画眉式样之一。
3 嫩:淡黄色。

蝶恋花

醉别西楼[1]醒不记。春梦秋云[2],聚散真容易。斜月半窗还少睡。画屏闲展吴山翠。

衣上酒痕诗里字。点点行行,总是凄凉意。红烛自怜无好计。夜寒空替人垂泪。

蝶恋花

欲减罗衣寒未去。不卷珠帘,人在深深处。残杏枝头花几许。啼红[3]正恨清明雨。

尽日沉烟香一缕。宿酒醒迟,恼破春情绪。远信还因归燕误。小屏风上西江[4]路。

---

1 西楼:泛指欢宴之所。
2 春梦秋云:喻美好而又虚幻短暂、聚散无常的事物。
3 啼红:泪痕,此指杏花上沾有雨迹。
4 西江:古诗词中称江河为西江。

蝶恋花

千叶早梅夸百媚。笑面凌寒,内样妆[1]先试。月脸冰肌香细腻。风流新称东君[2]意。

一捻年光春有味。江北江南,更有谁相比。横玉声中吹满地。好枝长恨无人寄。

蝶恋花

金剪刀头芳意动。彩蕊开时,不怕朝寒重。晴雪半消花鬘鬡。晓妆呵尽香酥冻。

十二楼中双翠凤。缈缈歌声,记得江南弄。醉舞春风谁可共?秦云已有鸳屏梦。

---

1 内样妆:宫廷新妆样式。
2 东君:春天之神。

蝶恋花

笑艳秋莲生绿浦。红脸青腰[1],旧识凌波女。照影弄妆娇欲语。西风岂是繁华主。

可恨良辰天不与。才过斜阳,又是黄昏雨。朝落暮开空自许[2]。竟无人解知心苦。

蝶恋花

碧落[3]秋风吹玉树。翠节红旌,晚过银河路。休笑星机停弄杼。凤帏已在云深处。

楼上金针穿绣缕。谁管天边,隔岁分飞苦。试等夜阑[4]寻别绪。泪痕千点罗衣露。

---

1 红脸青腰:写荷的红花绿茎。
2 自许:自我期许。
3 碧落:天上。
4 夜阑:夜将尽时。

用筆平淡之中取意
酸鹹之外此雲林妙
境也學者會心及此自
有逢源之樂矣
石師道人題

蝶恋花

碧玉高楼临水住。红杏开时,花底曾相遇。一曲阳春[1]春已暮。晓莺声断朝云去。

远水来从楼下路。过尽流波,未得鱼中素[2]。月细风尖垂柳渡。梦魂长在分襟[3]处。

蝶恋花

梦入江南烟水路。行尽江南,不与离人遇。睡里销魂无说处。觉来惆怅销魂误。

欲尽此情书尺素[4]。浮雁沉鱼,终了无凭据。却倚缓弦歌别绪。断肠移破秦筝柱。

1 阳春:古楚国名曲。
2 鱼中素:代指书信。
3 分襟:分离。
4 尺素:书写用之尺长素绢,借指简短书信。

蝶恋花

　　黄菊开时伤聚散。曾记花前,共说深深愿。重见金英[1]人未见。相思一夜天涯远。

　　罗带同心闲结遍。带易成双,人恨成双晚。欲写彩笺[2]书别怨。泪痕早已先书满。

1　金英:金色的花朵。
2　彩笺:染有色彩、印有花纹的名贵笺纸。

鹧鸪天

双调,五十五字,上阕四句,三平韵;下阕五句,三平韵。此词纯系两首七言绝句稍加变化而来,除下阕换头将第一句破作三字两句,在平仄句法上都同七绝非常相似。

鹧鸪天

彩袖[1]殷勤捧玉钟[2]。当年拚[3]却醉颜红。舞低杨柳楼心月,歌尽桃花扇影风。

从别后,忆相逢。几回魂梦与君同。今宵剩把银釭[4]照,犹恐相逢是梦中。

鹧鸪天

一醉醒来春又残[5]。野棠梨雨泪阑干[6]。玉笙声里鸾空怨,罗幕香中燕未还。

终易散,且长闲。莫教离恨损朱颜。谁堪共展鸳鸯锦,同过西楼此夜寒。

---

1 彩袖:代指穿彩衣的歌女。
2 玉钟:古时指珍贵的酒杯,是对酒杯的美称。
3 拚(pàn)却:甘愿,不顾惜。
4 银釭:银质的灯台,代指灯。
5 残:将尽。
6 泪阑干:眼泪纵横滴落的样子。

鹧鸪天

梅蕊新妆桂叶眉。小莲风韵出瑶池[1]。云随绿水歌声转,雪绕红绡舞袖垂。

伤别易,恨欢迟。惜无红锦为裁诗。行人莫便销魂去,汉渚[2]星桥尚有期。

鹧鸪天

守得莲开结伴游。约开萍叶上兰舟。来时浦口云随棹,采罢江边月满楼。

花不语,水空流。年年拚得[3]为花愁。明朝万一西风动,争向朱颜[4]不耐秋。

---

1 瑶池:传说中的神仙居所。
2 汉渚:银河岸边,即牛郎、织女相会之地。
3 拚得:拚却,是心甘情愿的意思。
4 朱颜:红颜,明指莲花,暗指采莲女。

小山词

22

鹧鸪天

斗鸭池南夜不归。酒阑纨扇有新诗。云随碧玉歌声转,雪绕红琼舞袖回。

今感旧,欲沾衣。可怜人似水东西。回头满眼凄凉事,秋月春风岂得知[1]。

鹧鸪天

当日佳期鹊误传。至今犹作断肠仙[2]。桥成汉渚星波外,人在鸾歌凤舞前。

欢尽夜,别经年。别多欢少奈何天。情知此会无长计,咫尺凉蟾[3]亦未圆。

---

1 岂得知:孤寂的词人绝望之语,反诘语。
2 断肠仙:特指天上的牛郎和织女。
3 凉蟾:月亮,这里指七夕的新月。

鹧鸪天

题破香笺小砑红[1]。诗篇多寄旧相逢。西楼酒面垂垂[2]雪,南苑春衫细细风[3]。

花不尽,柳无穷。别来欢事少人同。凭谁问取归云信,今在巫山第几峰。

鹧鸪天

清颍尊前酒满衣。十年风月旧相知。凭谁细话当时事,肠断山长水远诗。

金凤阙,玉龙墀[4]。看君来换锦袍时。姮娥[5]已有殷勤约,留着蟾宫第一枝。

---

1 砑(yà)红:一种砑光之绫,用作信笺等。
2 垂垂:渐渐。
3 细细风:指起舞之际,春衫飘动,仿佛有微风吹拂。
4 龙墀(chí):宫廷台阶。代指朝廷。
5 姮(héng)娥:通作嫦娥。

鹧鸪天

醉拍春衫惜旧香[1]。天将离恨恼疏狂[2]。年年陌上生秋草,日日楼中到夕阳。

云渺渺,水茫茫。征人归路许多长。相思本是无凭语,莫向花笺费泪行。

鹧鸪天

小令[3]尊前见玉箫。银灯一曲太妖娆。歌中醉倒谁能恨,唱罢归来酒未消。

春悄悄,夜迢迢。碧云天[4]共楚宫遥。梦魂惯得无拘检,又踏杨花过谢桥[5]。

---

1 旧香:指过去欢乐生活遗留在衣衫上的香泽。
2 疏狂:狂放不羁。
3 小令:短小的歌曲。
4 碧云天:天上神仙所居之处。
5 谢桥:唐宰相李德裕的侍妾谢秋娘是当时著名的歌伎,后以"谢桥"代指女子居所。

鹧鸪天

楚女[1]腰肢越女腮。粉圆双蕊髻中开。朱弦曲怨愁春尽,渌酒杯寒记夜来。

新掷果,旧分钗。冶游音信隔章台。花间锦字[2]空频寄,月底金鞍竟未回。

鹧鸪天

十里楼台依翠微[3]。百花深处杜鹃啼。殷勤自与行人语,不似流莺取次[4]飞。

惊梦觉,弄晴时。声声只道不如归。天涯岂是无归意,争奈归期未可期。

1　楚女：泛指南方女子的苗条娇美。
2　锦字：代指书信。
3　翠微：青翠的山气,指青翠掩映的山间幽深处。
4　取次：随意、任意。

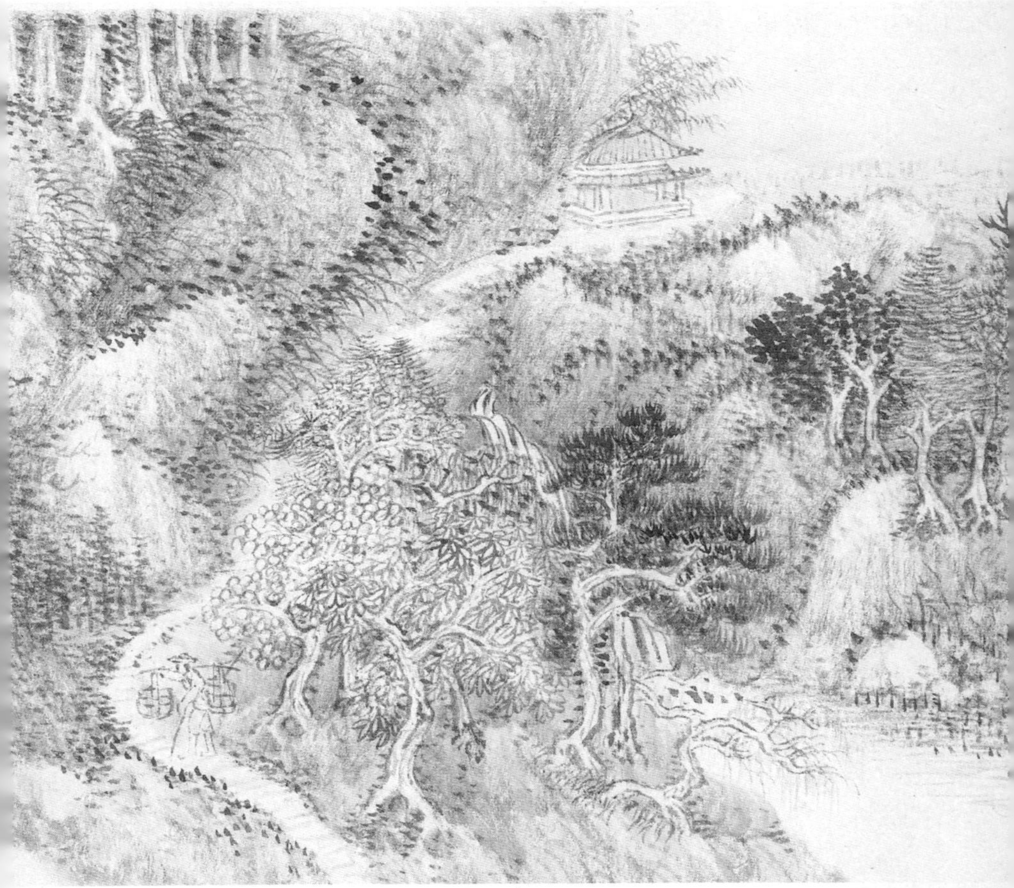

鹧鸪天

陌上濛濛残絮飞。杜鹃花里杜鹃啼。年年底事不归去。怨月愁烟[1]长为谁。

梅雨细,晓风微。倚楼人听欲沾衣。故园三度群花谢,曼倩天涯犹未归。

鹧鸪天

晓日迎长岁岁同。太平箫鼓间歌钟。云高未有前村雪,梅小初开昨夜风。

罗幕翠,锦筵红。钗头罗胜写宜冬。从今屈指春期近,莫使金尊对月空。

1　怨月愁烟:形容愁怨之情的深长。

鹧鸪天

小玉[1]楼中月上时。夜来惟许月华知。重帘有意藏私语，双烛无端恼暗期。

伤别易，恨欢迟。归来何处验相思。沈郎[2]春雪愁消臂，谢女香膏懒画眉。

鹧鸪天

手捻香笺忆小莲。欲将遗恨倩谁传。归来独卧逍遥夜，梦里相逢酩酊天。

花易落，月难圆。只应花月似欢缘。秦筝算有心情在[3]，试写离声入旧弦。

1　小玉：侍女泛称。此处指歌舞女子。
2　沈郎：借指腰肢瘦损之义。
3　在：语助词，起加重语气、强调所述事情的作用。此处表达词人对秦筝可寄情的信赖之意。

秋山夕照
煙游老漁寫於
慕晉山房

鹧鸪天

九日悲秋不到心。凤城歌管有新音。风涮碧柳愁眉淡，露染黄花笑靥深。

初见雁，已闻砧[1]。绮罗丛里胜登临。须教月户纤纤玉，细捧霞觞[2]滟滟金[3]。

鹧鸪天

碧藕花开水殿凉。万年枝[4]外转红阳。升平歌管随天仗[5]，祥瑞封章满御床。

金掌露，玉炉香。岁华方共圣恩长。皇州又奏圜扉[6]静，十样宫眉捧寿觞。

---

1 砧（zhēn）：捣衣石。
2 霞觞：指美酒。
3 滟滟金：指金黄色的酒浆。
4 万年枝：冬青树。
5 天仗：皇帝的仪仗。
6 圜（yuán）扉：指监狱。

鹧鸪天

绿橘梢头几点春。似留香蕊送行人。明朝紫凤[1]朝天路,十二重城五碧云[2]。

歌渐咽,酒初醺。尽将红泪湿湘裙。赣江西畔从今日,明月清风忆使君。

---

1 紫凤:紫色凤凰,喻指非凡的人品。
2 五碧云:五色彩云之意,多用以喻宫阙。

生查子

原为唐教坊曲,后为词牌名。双调,四十字,上下阕各四句,两仄韵。此调音节整饬,平仄多拗,宜于抒发抑郁哀婉之情。

生查子

金鞭[1]美少年,去跃青骢马。牵系玉楼人[2],绣被春寒夜。

消息未归来,寒食梨花谢。无处说相思,背面秋千下。

生查子

轻匀两脸花,淡扫双眉柳。会写锦笺时,学弄朱弦后。

今春玉钏[3]宽,昨夜罗裙皱。无计奈情何,且醉金杯酒。

---

1 金鞭:用黄金做的马鞭。喻骑者之富贵。
2 玉楼人:指闺中女子。
3 钏(chuàn):腕环,俗称手镯。

生查子

关山[1]魂梦长,鱼雁音尘少。两鬓可怜青,只为相思老。

归梦碧纱窗,说与人人[2]道。真个别离难,不似相逢好。

生查子

坠雨已辞云,流水难归浦。遗恨几时休,心抵秋莲苦[3]。

忍泪不能歌,试托哀弦语。弦语愿相逢,知有相逢否。

---

1 关山:泛指关隘和山川。
2 人人:对所亲近的人的昵称。
3 秋莲苦:秋莲结子,莲子心苦。

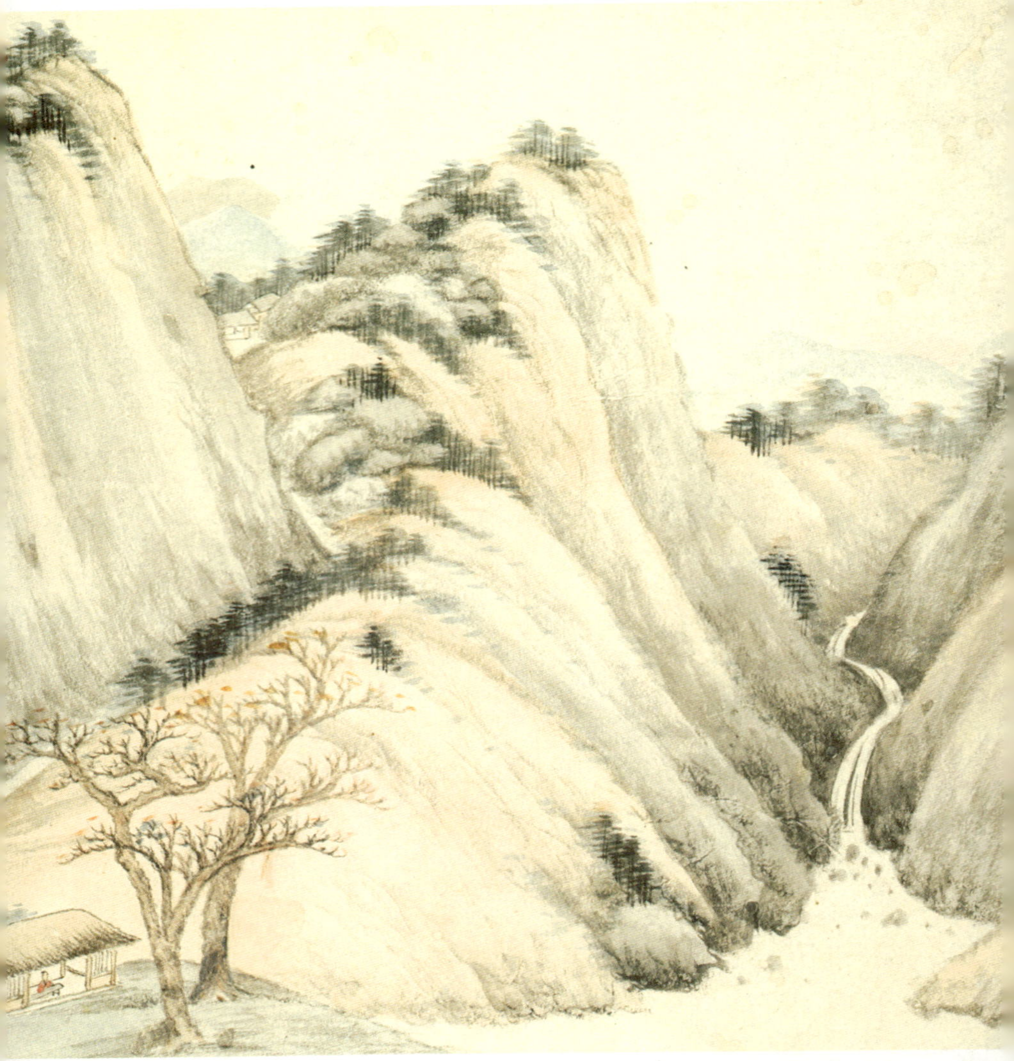

生查子

一分残酒霞,两点愁蛾晕。罗幕夜犹寒,玉枕春先困。

心情剪彩[1]慵,时节烧灯近。见少别离多,还有人堪恨。

生查子

轻轻制舞衣,小小裁歌扇。三月柳浓时,又向津亭[2]见。

垂泪送行人,湿破红妆面。玉指袖中弹,一曲清商怨。

---

1 剪彩:古代春日多剪彩帛彩纸为各种花样用作饰物。
2 津亭:渡口亭子。

生查子

红尘陌上游,碧柳堤边住。才趁[1]彩云来,又逐飞花去。

深深美酒家,曲曲幽香路。风月有情时,总是相思处。

生查子

长恨涉江遥,移近溪头住。闲荡木兰舟[2],误入双鸳浦。

无端[3]轻薄云,暗作廉纤雨。翠袖不胜寒,欲向荷花语。

---

1 "才趁"两句:形容来去无定。
2 木兰舟:以香木制成的船只,泛指佳美的小船。
3 无端:料想不到之意。

遠長鶯
雲

生查子

远山眉黛长,细柳腰肢嫋。妆罢立春风,一笑千金少。

归去凤城时,说与青楼道。遍看颍川花[1],不似师师好。

生查子

落梅庭榭香,芳香池塘绿。春恨[2]最关情,日过阑干曲。

几时花里闲,看得花枝足。醉后莫思家,借取师师宿。

1 颍川花:颍昌的女子。
2 春恨:离别相思之恨。

生查子

狂花[1]顷刻香,晚蝶[2]缠绵意。天与短因缘,聚散常容易。

传唱入离声,恼乱双蛾[3]翠。游子不堪闻,正是衷肠事。

生查子

官身几日闲,世事何时足。君貌不长红[4],我鬓无重绿。

榴花[5]满盏香,金缕多情曲。且尽眼中欢[6],莫叹时光促。

---

1 狂花:春花盛开。
2 晚蝶:秋蝶。
3 双蛾:双眉。
4 红:脸色红润,借指年轻。
5 榴花:指榴花酒。
6 眼中欢:比喻眼前或心中所期望的欢愉事情。

生查子

春从何处归,试向溪边问。岸柳弄娇黄,陇麦回青润。

多情美少年,屈指芳菲近。谁寄岭头梅[1],来报江南信。

---

1 岭头梅:大庾岭上梅,南枝落,北枝开。代指赠人的信物。

南乡子

原为唐教坊曲,后为词牌名。双调,五十六字,上下阕各五句,四平韵。此调句句押韵,声调谐婉,宜于抒情言志,写景咏怀。

南乡子

渌水[1]带青潮。水上朱阑小渡桥。桥上女儿双笑靥,妖娆。倚着阑干弄柳条。

月夜落花朝[2]。减字偷声按玉箫。柳外行人回首处,迢迢。若比银河路更遥。

南乡子

小蕊受春风。日日宫花花树中。恰向柳绵撩乱处,相逢。笑靥旁边心字浓。

归路草茸茸。家在秦楼[3]更近东。醒去醉来无限事,谁同?说着西池满面红。

1　渌水:清澈的水。
2　花朝:旧俗以二月十五日为"百花生日",故称此节为"花朝节"。
3　秦楼:指妓女居处为秦楼。

南乡子

　　花落未须悲。红蕊明年又满枝。惟有花间人别后，无期。水阔山长雁字迟。

　　今日最相思。记得攀条[1]话别离。共说春来春去事，多时。一点愁心入翠眉。

南乡子

　　何处别时难？玉指偷将粉泪弹。记得来时楼上烛，初残。待得清霜满画阑。

　　不惯独眠寒。自解罗衣衬枕檀[2]。百媚也应愁不睡，更阑。恼乱心情半被闲。

1　攀条：指折柳。
2　枕檀：檀枕、香枕之意。

高柯嶙峯咽急澗洄
水籙䶩漱趾哀設使
不經栽作笛印今誰
淺鳥融才

南宗諸公皆拜牀下 惲壽平

南乡子

画鸭懒熏香。绣茵[1]犹展旧鸳鸯[2]。不似同衾愁易晓,空床。细剔银灯怨漏长。

几夜月波凉。梦魂随月到兰房。残睡觉来人又远,难忘。便是无情也断肠。

南乡子

眼约[3]也应虚。昨夜归来凤枕孤。且据如今情分里,相于。只恐多时不似初。

深意托双鱼。小剪蛮笺[4]细字书。更把此情重问得,何如。共结因缘久远无?

---

1 茵:褥席。
2 鸳鸯:指绣有鸳鸯的图案。
3 眼约:以眉目传情。
4 蛮笺:蜀地产的彩色花纸。

南乡子

　　新月又如眉。长笛谁教月下吹。楼倚暮云初见雁,南飞。漫道行人雁后归。

　　意欲梦佳期。梦里关山路不知。却待短书来破恨[1],应迟[2]。还是凉生玉枕时。

1　破恨：指稍解离恨。
2　应迟：揣度设想之辞,意谓书信大概会迟来。

清平乐

原为唐教坊曲,后为词牌名。双调,四十六字,上阕四句,四仄韵;下阕四句,三平韵。晏殊、晏几道、黄庭坚、辛弃疾等均用过,其中晏几道尤多。又为曲牌名,属南曲羽调。

清平乐

留人不住。醉解兰舟[1]去。一棹[2]碧涛春水路。过尽晓莺啼处。

渡头杨柳青青。枝枝叶叶离情。此后锦书休寄,画楼云雨无凭。

清平乐

千花百草。送得春归了。拾蕊人稀红渐少。叶底杏青梅小。

小琼闲抱琵琶。雪香[3]微透轻纱。正好一枝娇艳,当筵独占韶华。

---

1 兰舟:木兰舟,以木兰树所造之船,是船只的美称。
2 棹(zhào):船桨,经常用作船的代称。
3 雪香:指肌肤如雪,香气溢散。

清平乐

烟轻雨小。紫陌[1]香尘少。谢客[2]池塘生绿草。一夜红梅先老。

旋题罗带新诗。重寻杨柳佳期。强半春寒去后,几番花信[3]来时。

清平乐

可怜娇小。掌上承恩早。把镜不知人易老。欲占朱颜长好。

画堂秋月佳期。藏钩[4]赌酒归迟。红烛泪前低语,绿笺花里新词。

1　紫陌:多称京城的道路。
2　谢客:南朝宋谢灵运小字客儿,时人称为谢客。
3　花信:春花开时,有风应期而来,称花信或花信风。
4　藏钩:古代的一种游戏。

孤城返照紅將斂
近寺浮煙翠且重

清平乐

红英落尽。未有相逢信。可恨流年凋绿鬓。睡得春酲[1]欲醒。

钿筝[2]曾醉西楼。朱弦玉指梁州。曲罢翠帘高卷,几回新月如钩。

清平乐

春云绿处。又见归鸿去。侧帽风前花满路。冶叶倡条[3]情绪。

红楼桂酒[4]新开。曾携翠袖[5]同来。醉弄影娥池水,短箫吹落残梅。

---

1 春酲(chéng):春日病酒。
2 钿筝:嵌金为饰之筝。
3 冶叶倡条:形容杨柳枝叶的婀娜多姿。后用以借指歌伎。
4 桂酒:用桂花浸制的酒。
5 翠袖:借指女子。

清平乐

波纹碧皱。曲水清明后。折得疏梅香满袖。暗喜春红依旧。

归来紫陌东头。金钗换酒消愁。柳影深深细路,花梢小小层楼。

清平乐

西池烟草。恨不寻芳早。满路落花红不扫。春色渐随人老。

远山眉黛娇长。清歌细逐霞觞。正在十洲残梦,水心宫殿斜阳。

鸞壁過雲開錦繡
踈松障水蔟笙簧

清平乐

蕙心[1]堪怨。也逐春风转。丹杏墙东当日见。幽会绿窗题遍。

眼中前事分明。可怜如梦难凭。都把旧时薄幸,只消[2]今日无情。

清平乐

幺弦[3]写意。意密弦声碎。书得凤笺[4]无限事。犹恨春心难寄。

卧听疏雨梧桐。雨馀淡月朦胧。一夜梦魂何处,那回杨叶楼中。

---

1 蕙心:女子的心意,犹"芳心",比喻女子心地纯洁,性情高雅。
2 只消:只抵。
3 幺弦:琵琶的第四弦。因最细,故称幺弦。
4 凤笺:珍美的纸笺。

清平乐

笙歌宛转。台上吴王[1]宴。宫女如花倚春殿。舞绽缕金衣线。

酒阑画烛低迷[2]。彩鸳惊起双栖。月底三千绣户[3],云间十二琼梯。

清平乐

暂来还去。轻似风头絮。纵得相逢留不住。何况相逢无处。

去时约略黄昏。月华却到朱门。别后几番明月,素娥[4]应是销魂。

---

1 吴王:指夫差。
2 低迷:模糊不清。
3 绣户:华丽居室,多指妇女所居。
4 素娥:月中女神名嫦娥,因月色白,又称素娥,后代指月。

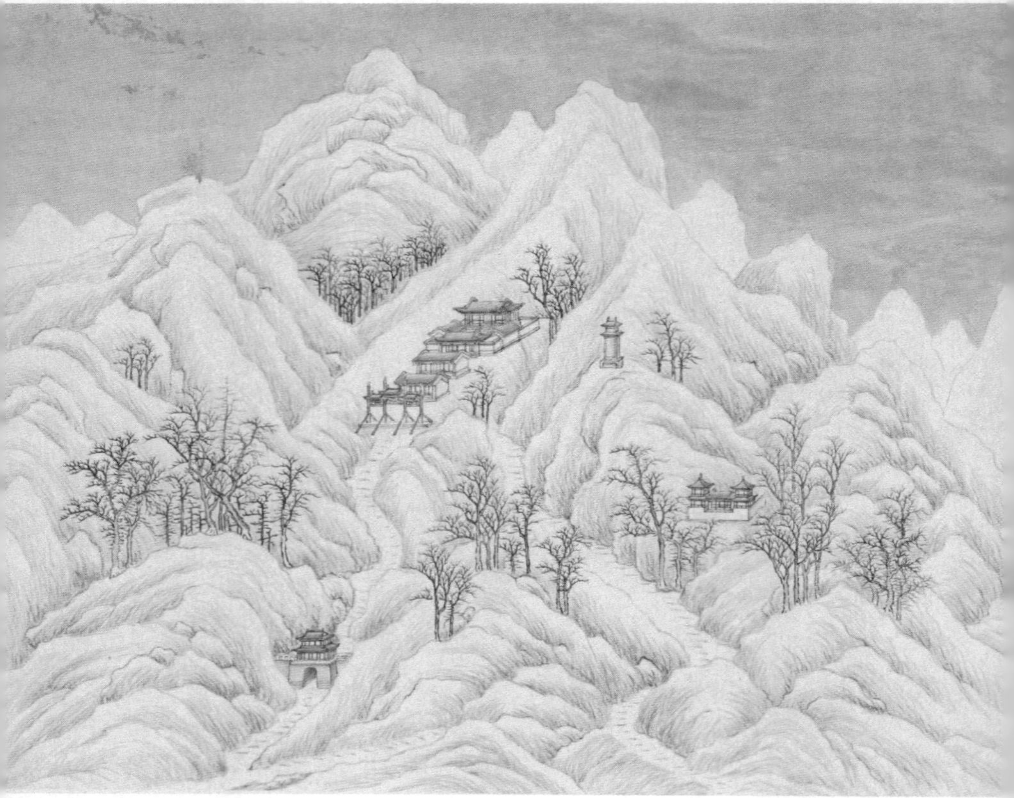

清平乐

双纹彩袖。笑捧金船酒。娇妙如花轻似柳。劝客千春长寿。

艳歌更倚疏弦。有情须醉尊前。恰是可怜时候,玉娇今夜初圆。

清平乐

寒催酒醒。晓陌飞霜定。背照画帘残烛影。斜月光中人静。

锦衣才子西征。万重云水初程。翠黛[1]倚门相送,鸾肠断处离声。

---

1 翠黛:同翠眉、翠蛾。借指女子。

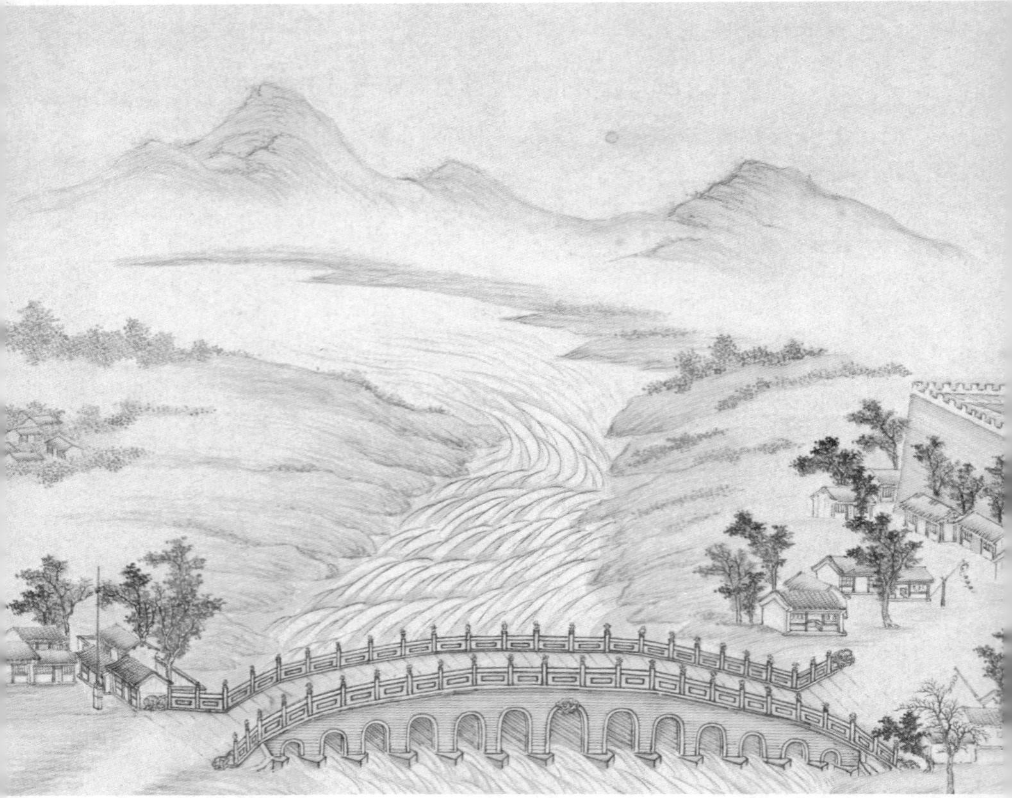

清平乐

莲开欲遍。一夜秋声转。残绿断红香片片。长是西风堪怨。

莫愁[1]家住溪边。采莲心事年年。谁管水流花谢,月明昨夜兰船。

清平乐

沉思暗记。几许无凭事。菊靥开残秋少味。闲却画阑风意[2]。

梦云归处难寻。微凉暗入香襟。犹恨那回庭院,依前月浅灯深。

---

1 莫愁:古乐府《莫愁乐》:"莫愁在何处?莫愁石城西。"诗中石城,指古竟陵(今湖北钟祥市)石城。将莫愁移至金陵,是后来的事。
2 风意:风流意味。

清平乐

莺来燕去[1]。宋玉墙东路。草草幽欢能几度。便有系人心处。

碧天秋月无端。别来长照关山。一点恹恹谁会。依前凭暖阑干。

清平乐

心期[2]休问。只有尊前分。勾引行人添别恨。因是语低香近。

劝人满酌金钟。清歌唱彻还重。莫道后期无定,梦魂犹有相逢。

---

1 莺来燕去:喻指女子的生活情况不停地变化。
2 心期:心中期许、中意的人。

木兰花

东坡石映带我思古人
来下泠风相荡苕以天籁
监游苍寒之野
南田寿平梅柯敬仲乔柯俏
竹回作赏

者天际真人杏若织豪尘垢

原为唐教坊曲,后为词牌名。双调,五十六字,上下阕各四句,三仄韵,不同部换叶。另有其他变体。

木兰花

秋千院落重帘暮。彩笔[1]闲来题绣户。墙头丹杏雨馀花,门外绿杨风后絮。

朝云信断知何处。应作襄王春梦去。紫骝[2]认得旧游踪,嘶过画桥东畔路。

木兰花

小颦若解愁春暮。一笑留春春也住。晚红初减谢池花,新翠已遮琼苑路。

湔裙[3]曲水曾相遇。挽断罗巾容易去。啼珠弹尽又成行,毕竟心情无会处。

---

1 彩笔:江淹有五彩笔,因而文思敏捷。
2 紫骝:本来指一种马,这里泛指骏马。
3 湔(jiān)裙:古代的一种风俗,指农历正月元日至月晦,女子在水边洗衣,以避灾祸,平安度过厄难。

木兰花

　　小莲未解论心素。狂似钿筝弦底柱。脸边霞[1]散酒初醒，眉上月[2]残人欲去。

　　旧时家近章台住。尽日东风吹柳絮。生憎繁杏绿阴时，正碍粉墙偷眼觑。

木兰花

　　风帘向晓寒成阵。来报东风消息近。试从梅蒂紫边寻，更绕柳枝柔处问。

　　来迟不是春无信。开晚却疑花有恨。又应添得几分愁，二十五弦弹未尽。

1　霞：指红晕、酒晕。
2　月：既指眉上额间"麝月"的涂饰卸妆睡眠时残褪，又表示良宵将尽，明月西坠。

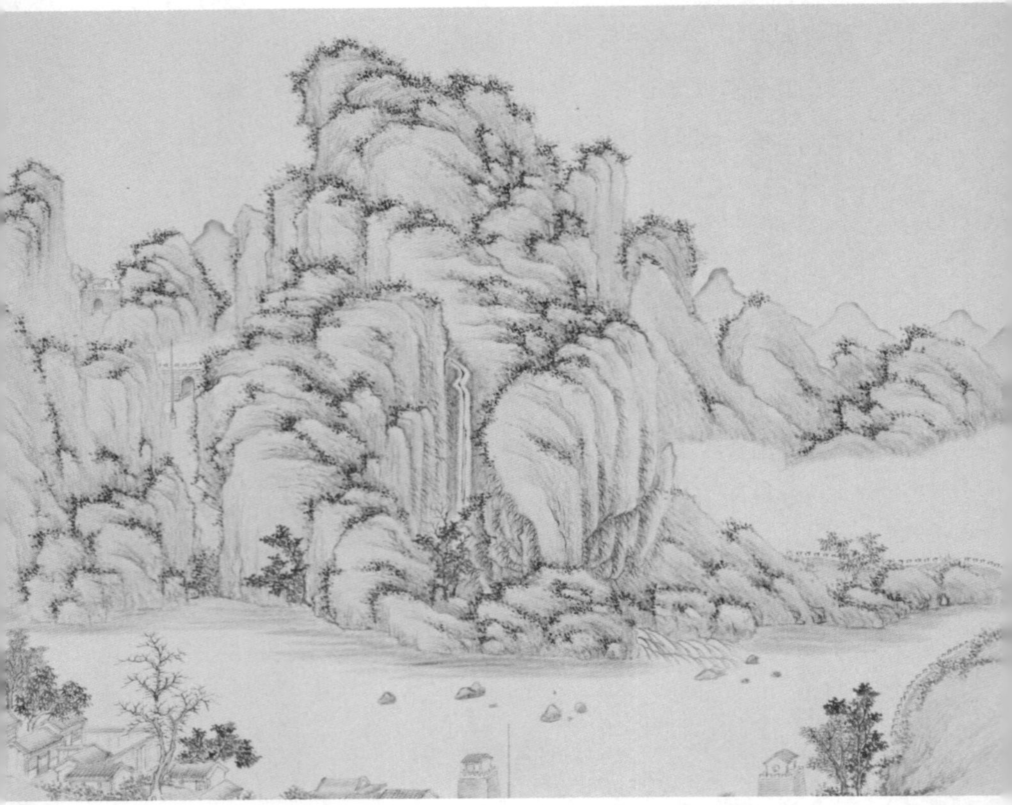

木兰花

念奴[1]初唱离亭宴。会作离声勾别怨。当时垂泪忆西楼,湿尽罗衣歌未遍。

难逢最是身强健。无定莫如人聚散。已拚归袖醉相扶,更恼香檀珍重劝。

木兰花

玉真[2]能唱朱帘静。忆在双莲池上听。百分蕉叶[3]醉如泥,却向断肠声里醒。

夜凉水月铺明镜。更看娇花闲弄影。曲终人意似流波,休问心期何处定。

---

1 念奴:唐玄宗天宝年间著名女歌手。
2 玉真:仙女。
3 蕉叶:形似蕉叶的浅酒杯。

木兰花

阿茸[1]十五腰肢好。天与怀春[2]风味早。画眉匀脸不知愁,殢酒[3]熏香偏称小。

东城杨柳西城草。月会花期如意少。思量心事薄轻云,绿镜台前还自笑。

木兰花

初心已恨花期晚。别后相思长在眼。兰衾[4]犹有旧时香,每到梦回[5]珠泪满。

多应不信人肠断。几夜夜寒谁共暖?欲将恩爱结来生,只恐来生缘又短。

1　阿茸:歌舞女子名。
2　怀春:指少女思欲婚嫁。
3　殢(tì)酒:病酒、为酒所困。
4　兰衾:被子的美称。
5　梦回:从梦中醒来。

减字木兰花

系从本调《木兰花》减少字数而成,双调,四十四字,上下阕各四句,两仄韵,两平韵。此调宜于写景咏物,音节和谐委婉,情感温柔缠绵。

减字木兰花

长亭晚送。都似绿窗[1]前日梦。小字还家。恰应红灯昨夜花。

良时易过。半镜流年春欲破。往事难忘。一枕高楼到夕阳。

减字木兰花

留春不住。恰似年光无味处。满眼飞英。弹指东风太浅情。

筝弦未稳。学得新声难破恨。转枕花前。且占香红一夜眠。

---

[1] 绿窗：代指女子住处。

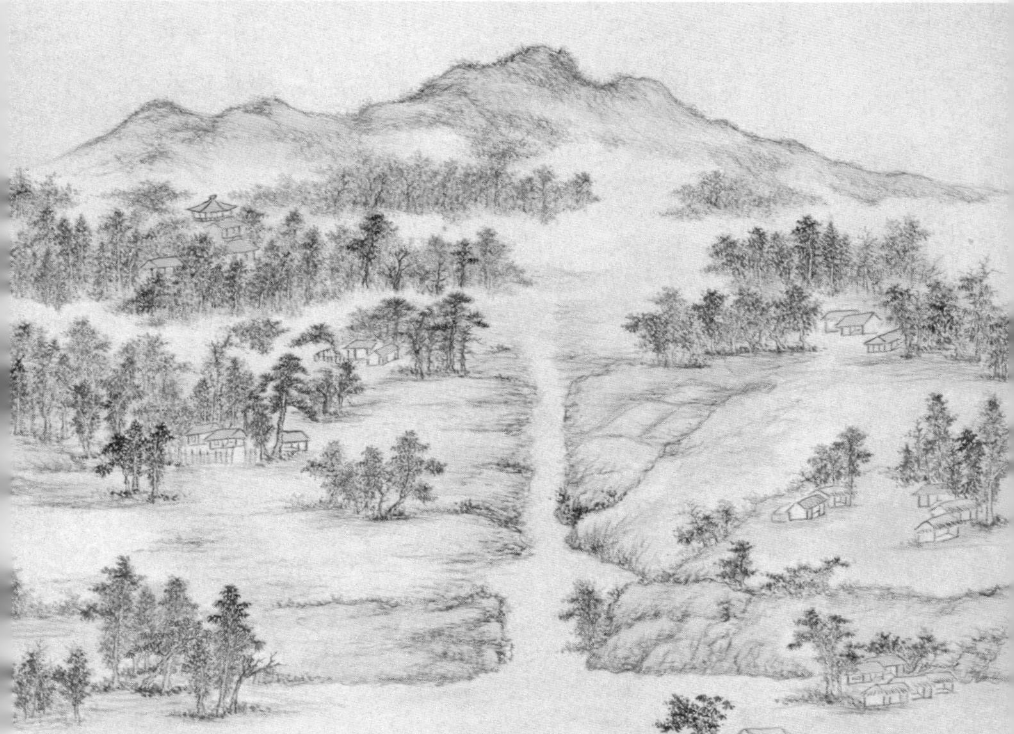

减字木兰花

长杨[1]辇路。绿满当年携手处。试逐春风。重到宫花花树中。

芳菲绕遍。今日不如前日健。酒罢凄凉。新恨犹添旧恨长。

---

1 长杨：长杨宫。此处借指北宋开封宫观。

泛清波摘遍

双调，一百零五字，上下阕各六仄韵。晏几道这首《泛清波摘遍》（催花雨小）是一篇伤时之作，"暗惜光阴恨多少"为其心理视点。上阕写春景之美、春天之乐，下阕以乐衬衰，感叹自身境遇的多艰与不幸。

泛清波摘遍

催花雨[1]小,着柳风柔,都似去年时候好。露红烟绿,尽有狂情斗春早。长安道[2],秋千影里,丝管声中,谁放艳阳轻过了。倦客登临,暗惜光阴恨多少。

楚天渺。归思正如乱云,短梦未成芳草。空把吴霜鬓华,自悲清晓。帝城杳。双凤旧约渐虚,孤鸿后期难到。且趁朝花夜月,翠尊[3]频倒。

1　催花雨:春雨。
2　长安道:此处借指开封。
3　翠尊:绿色的酒杯。此处指酒。

洞仙歌

原为唐教坊曲，后为词牌名。此调有令词与慢词之别。令词自八十二字至九十三字，慢词自一百十八字至一百二十六字。双调，八十四字，上阕六句，三仄韵；下阕九句，三仄韵。

洞仙歌

春残雨过，绿暗东池道。玉艳藏羞媚赪[1]笑。记当时、已恨飞镜欢疏，那至此，仍苦题花信少。

连环情未已，物是人非，月下疏梅似伊好。淡秀色，黯寒香，粲若春容，何心顾、闲花凡草。但莫使、情随岁华迁，便杳隔秦源，也须能到。

---

[1] 赪（chēng）：红色。

菩萨蛮

原为唐教坊曲,后为词牌名,也作曲牌。双调小令,以五七言组成,四十四字。用韵两句一换,凡四易韵,平仄递转,以繁音促节表现深沉而起伏的情感。

菩萨蛮

来时杨柳东桥路,曲[1]中暗有相期处。明月好因缘,欲圆还未圆。

却寻芳草去,画扇遮微雨。飞絮莫无情,闲花应笑人。

菩萨蛮

个人轻似低飞燕,春来绮陌[2]时相见。堪恨两横波[3],恼人情绪多。

长留青鬓[4]住,莫放红颜去。占取艳阳天,且教伊少年。

1　曲:坊曲,曲巷。多指妓女住处。
2　绮陌:纵横交错的道路。
3　横波:眼神流动,如水闪波。
4　青鬓:浓黑的鬓发。

菩萨蛮

莺啼似作留春语,花飞斗学回风舞。红日又平西,画帘遮燕泥。

烟光还自老,绿镜人空好。香在去年衣,鱼笺[1]音信稀。

菩萨蛮

春风未放花心吐,尊前不拟分明语。酒色上来迟,绿须红杏枝。

今朝眉黛浅[2],暗恨归时远。前夜月当楼,相逢南陌头。

1　鱼笺:即鱼子笺。泛指书信。
2　眉黛浅:淡画眉。

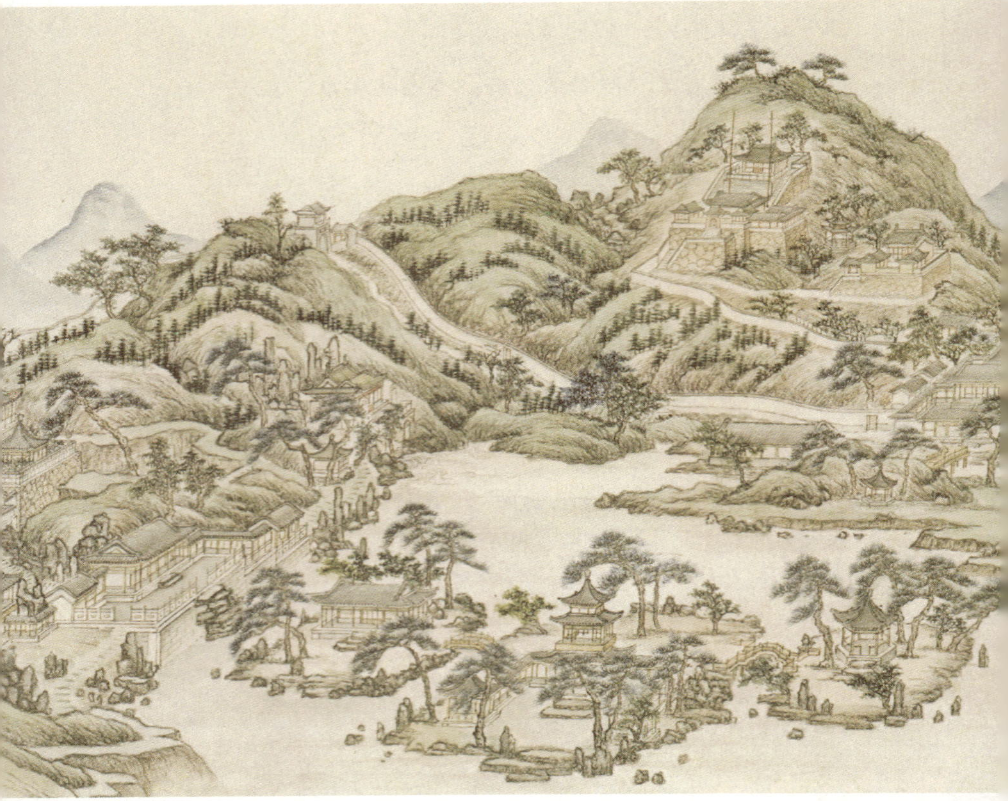

菩萨蛮

娇香淡梁燕脂雪[1],愁春细画弯弯月。花月镜边情,浅妆[2]匀未成。

佳期应有在,试倚秋千待。满地落英红,万条杨柳风。

菩萨蛮

香莲烛[3]下匀丹雪[4],妆成笑弄金阶月。娇面胜芙蓉,脸边天与红。

玳筵双揭鼓,唤上华茵[5]舞。春浅未禁寒,暗嫌罗袖宽。

---

1 雪:指肌肤白如雪。
2 浅妆:淡妆。
3 香莲烛:莲花形的蜡烛。
4 匀丹雪:涂调脂粉。
5 华茵:花褥。

梅花道人

菩萨蛮

哀筝一弄湘江曲,声声写尽湘波绿。纤指十三弦,细将幽恨传。

当筵秋水慢[1],玉柱斜飞雁[2]。弹到断肠时,春山[3]眉黛[4]低。

菩萨蛮

江南未雪梅花白,忆梅[5]人是江南客。犹记旧相逢,淡烟微月中。

玉容长有信,一笑归来近。忆远上楼时,晚云和雁低。

---

1 慢:形容眼神凝注。
2 玉柱斜飞雁:古筝弦柱斜列如雁行,故又称雁柱。
3 春山:喻美人的眉峰。
4 眉黛:古代女子用黛画眉,故称眉为眉黛。
5 "忆梅"句:乐府《西洲曲》:"忆梅下西洲,折梅寄江北。"此句化用其意。

菩萨蛮

相逢欲话相思苦,浅情[1]肯信相思否?还恐漫相思,浅情人不知。

忆昔携手处,月满窗前路。长到月来时,不眠犹待伊。

---

1 "浅情"句:顾夐(xiòng)《诉衷情》:"换我心为你心,始知相忆深。"此句变化其意。

玉楼春

以五代词人顾夐《玉楼春》（拂水双飞来去燕）为正体，双调，五十六字，上下阕各四句，三仄韵。另有其他变体。

玉楼春

雕鞍好为莺花[1]住。占取东城南陌[2]路。尽教春思乱如云,莫管世情轻似絮。

古来多被虚名误。宁负虚名身莫负。劝君频入醉乡来,此是无愁无恨处。

玉楼春

一尊相遇春风里。诗好似君人有几。吴姬[3]十五语如弦,能唱当时楼下水。

良辰易去如弹指。金盏十分须尽意。明朝三丈日高时,共拚醉头扶不起。

---

1 莺花:莺啼花开,用以泛指春日景物。亦可喻指风月繁华。
2 东城南陌:北宋都城开封城东、城南极为繁闹。
3 吴姬:吴地美女。

玉楼春

琼酥酒[1]面风吹醒。一缕斜红临晚镜。小颦微笑尽妖娆，浅注轻匀长淡净。

手挼[2]梅蕊寻香径。正是佳期期未定。春来还为个般愁，瘦损宫腰罗带剩。

玉楼春

清歌学得秦娥[3]似。金屋[4]瑶台知姓字。可怜春恨一生心，长带粉痕双袖泪。

从来懒话低眉事。今日新声谁会意。坐中应有赏音人，试问回肠曾断未。

---

1 琼酥酒：美酒名。
2 挼（ruó）：搓揉。
3 秦娥：指善歌者。
4 金屋：即"金屋藏娇"故事。

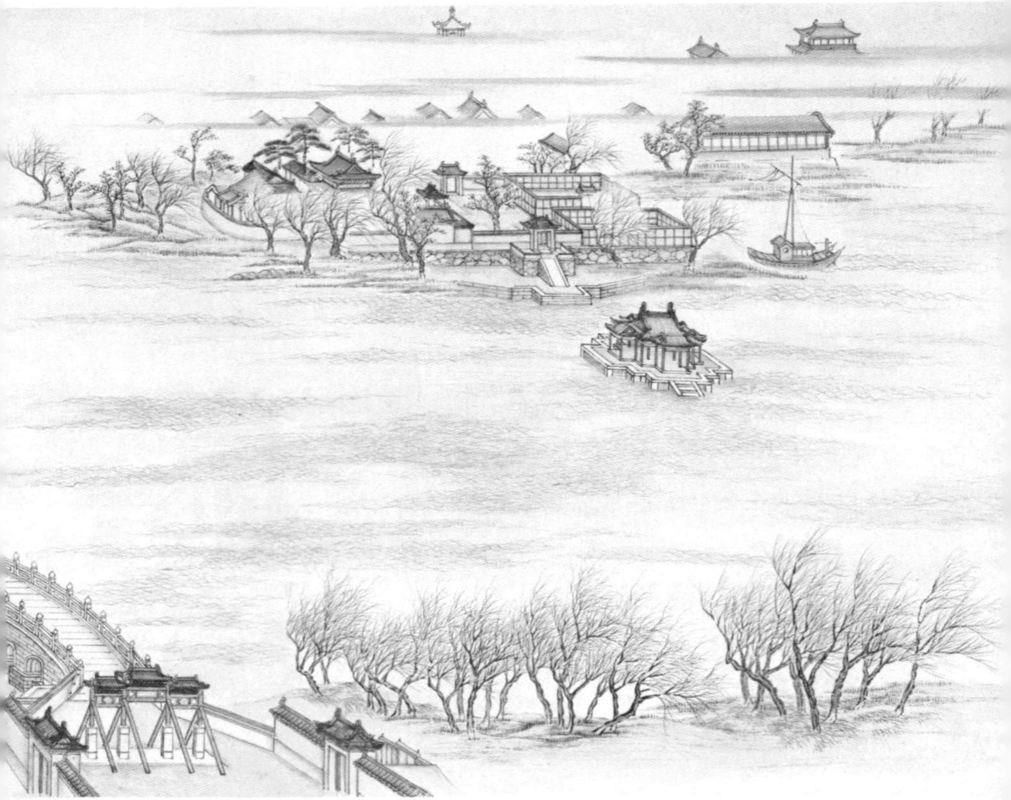

玉楼春

旗亭[1]西畔朝云住。沉水香烟长满路。柳阴分到画眉边,花片飞来垂手处。

妆成尽任秋娘妒。袅袅[2]盈盈[3]当绣户。临风一曲醉朦腾[4],陌上行人凝恨去。

玉楼春

离鸾[5]照罢尘生镜。几点吴霜侵绿鬓。琵琶弦上语无凭,豆蔻梢头春有信。

相思㧐损朱颜尽。天若多情终欲问。雪窗[6]休记夜来寒,桂酒[7]已消人去恨。

---

1 旗亭:酒楼。
2 袅袅:轻柔貌。
3 盈盈:美好貌。
4 朦腾:神志模糊不清。
5 离鸾:喻指分离的人。
6 雪窗:映雪的窗户,寒窗。
7 桂酒:用玉桂浸制的美酒。泛指美酒。

玉楼春

东风又作无情计。艳粉娇红[1]吹满地。碧楼帘影不遮愁,还似去年今日意。

谁知错管春残事。到处登临曾费泪。此时金盏直须[2]深,看尽落花能几醉。

玉楼春

斑骓[3]路与阳台近。前度无题初借问。暖风鞭袖尽闲垂,微月帘栊曾暗认。

梅花未足凭芳信。弦语岂堪传素恨。翠眉饶似远山长,寄与此愁辇不尽。

---

1 艳粉娇红:指娇艳的花。
2 直须:只管,尽管。
3 斑骓(zhuī):苍白杂毛的马。

倣大癡

玉楼春

红绡[1]学舞腰肢软。旋织舞衣宫样染。织成云外雁行斜，染作江南春水浅。

露桃宫里随歌管[2]。一曲霓裳红日晚。归来双袖酒成痕，小字香笺无意展。

玉楼春

当年信道情无价。桃叶[3]尊前论别夜。脸红心绪学梅妆[4]，眉翠工夫如月画。

来时醉倒旗亭下。知是阿谁[5]扶上马。忆曾挑尽五更灯，不记临分多少话。

---

1 红绡：泛指娇俏的歌舞伎。
2 歌管：歌声与奏乐。
3 桃叶：王献之妾。相传王献之曾为送桃叶而作歌。
4 梅妆：即梅花妆。
5 阿谁：何人。

玉楼春

采莲时候慵歌舞。永日闲从花里度。暗随蘋末晓风来,直待柳梢斜月去。

停桡共说江头路。临水楼台苏小[1]住。细思巫峡梦回时,不减秦源肠断处。

玉楼春

芳年正是香英嫩。天与娇波[2]长入鬓。蕊珠宫里旧承恩,夜拂银屏朝把镜。

云情去住终难信。花意有无休更问。醉中同尽一杯欢,归后各成孤枕恨。

---

1 苏小:即苏小小。
2 娇波:美目。

玉楼春

轻风拂柳冰初绽。细雨消尘云未散。红窗青镜待妆梅,绿陌高楼催送雁。

华罗歌扇金蕉盏。记得寻芳心绪惯。凤城寒尽又飞花,岁岁春光常有限。

阮郎归

双调,四十七字,上阕四句,四平韵;下阕五句,四平韵。此调舒缓轻柔,一般适宜于即景抒情,或咏物感怀。

阮郎归

粉痕闲印玉尖纤。啼红[1]傍晚奁[2]。旧寒新暖尚相兼。梅疏待雪添。

春冉冉，恨恹恹。章台对卷帘。个人鞭影弄凉蟾[3]。楼前侧帽檐。

阮郎归

来时红日弄窗纱。春红入睡霞。去时庭树欲栖鸦。香屏掩月斜。

收翠羽[4]，整妆华。青骊信又差。玉笙犹恋碧桃[5]花。今宵未忆家。

---

1 啼红：流泪。
2 晚奁（lián）：晚间的梳妆。
3 凉蟾：凉月。
4 翠羽：翠色的鸟羽，用作饰品。
5 碧桃：重瓣桃花，即千叶桃。

阮郎归

旧香残粉似当初。人情恨不如。一春犹有数行书。秋来书更疏。

衾凤[1]冷,枕鸳[2]孤。愁肠待酒舒。梦魂纵有也成虚。那堪和[3]梦无。

阮郎归

天边金掌[4]露成霜。云随雁字长。绿杯红袖[5]称重阳。人情似故乡。

兰佩紫,菊簪黄。殷勤理旧狂[6]。欲将沉醉换悲凉。清歌莫断肠。

---

1 衾凤:绣有凤凰图纹的彩被。
2 枕鸳:绣有鸳鸯图案的枕头。
3 和:连。
4 金掌:汉武帝时在长安建章宫筑柏梁台,上有铜制仙人以手掌托盘,承接露水。此处以"金掌"借指国都,即汴京。
5 绿杯红袖:代指美酒佳人。
6 理旧狂:重又显出从前狂放不羁的情态。

阮郎归

晚妆长趁景阳钟[1]。双蛾[2]着意浓。舞腰浮动绿云[3]秾。樱桃半点红。

怜美景,惜芳容。沉思暗记中。春寒帘幕几重重。杨花尽日风。

---

1 景阳钟:南齐武帝萧赜以宫深不闻端门鼓漏声,置钟于景阳楼上。宫人闻钟声早起妆饰。后人称为景阳钟。
2 双蛾:双眉。
3 绿云:形容女子发多面黑。

归田乐

以晁补之《归田乐》(春又去)为正体,双调,五十字,上阕六句,三仄韵;下阕四句,两仄韵。另有其他变体。

归田乐

　　试把花期数。便早有、感春情绪。看即梅花吐。愿花更不谢，春且长住。只恐花飞又春去。

　　花开还不语。问此意、年年春还会否。绛唇青鬓，渐少[1]花前侣。对花又记得、旧曾游处，门外垂杨未飘絮。

1　渐少：即一年比一年少，与上文"年年"呼应。

浣溪沙

原为唐教坊曲,后为词牌名,最早采用此调的为唐人韩偓。宋人所填《浣溪沙》多为双调,四十二字,上阕三句,三平韵;下阕三句,两平韵,过片两句多用对仗。另有其他变体。

浣溪沙

二月春花厌[1]落梅。仙源归路碧桃催。渭城丝雨劝离杯。

欢意似云真薄幸,客鞭摇柳正多才。凤楼[2]人待锦书来。

浣溪沙

卧鸭池头小苑开。暄风[3]吹尽北枝梅。柳长莎[4]软路萦回。

静避绿阴莺有意,漫随游骑絮多才。去年今日忆同来。

1　厌:满足。引申为眷恋。
2　凤楼:妇女居处。
3　暄风:春风。
4　莎(suō):莎草。

浣溪沙

二月和风到碧城[1]。万条千缕绿相迎。舞烟眠雨过清明。

妆镜巧眉偷叶样,歌楼妍曲借枝名。晚秋霜霰莫无情。

浣溪沙

白纻[2]春衫杨柳鞭。碧蹄骄马杏花鞯。落英飞絮冶游天。

南陌暖风吹舞榭,东城凉月照歌筵。赏心多是酒中仙。

---

1 碧城:丛丛柳树的形象化比喻。
2 白纻(zhù):以白苎麻织成的布。

浣溪沙

床上银屏几点山。鸭炉香过琐窗[1]寒。小云双枕恨春闲。

惜别漫成良夜醉,解愁时有翠笺还。那回分袂月初残。

浣溪沙

绿柳藏乌[2]静掩关。鸭炉香细琐窗闲。那回分袂月初残。

惜别漫成良夜醉,解愁时有翠笺还。欲寻双叶寄情难。

---

1 琐窗:镂刻有连琐图案的窗棂。
2 藏乌:意同藏鸦。喻枝叶深茂。

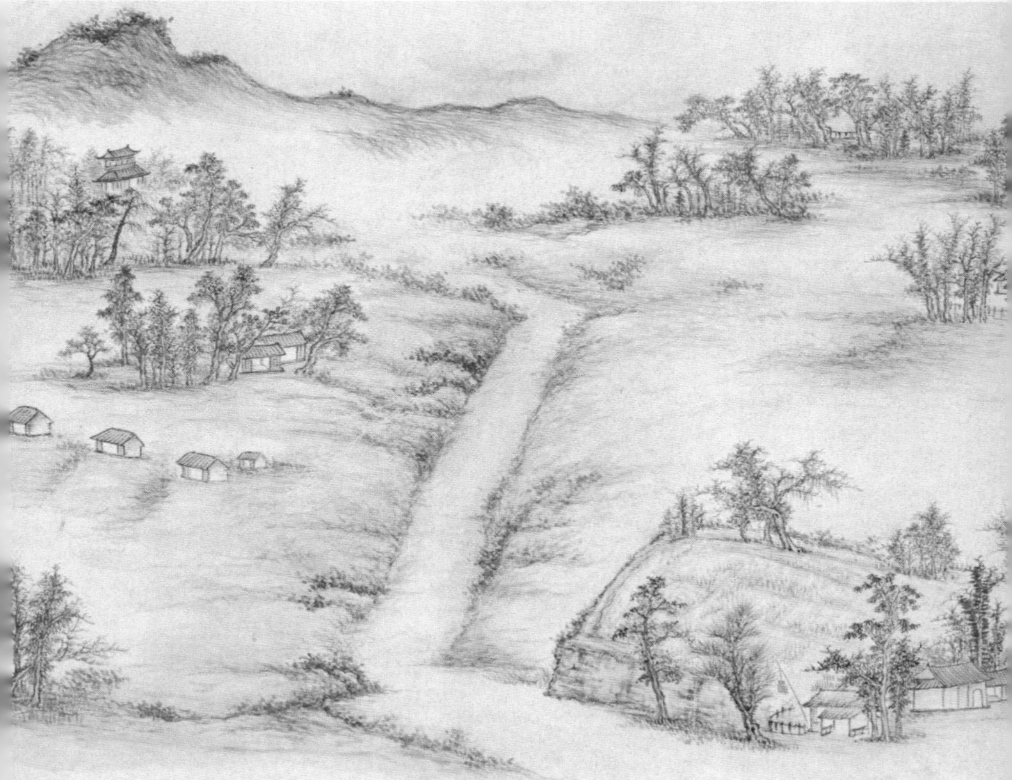

浣溪沙

家近旗亭酒易酤[1]。花时长得醉工夫。伴人歌笑懒妆梳。

户外绿杨春系马,床前红烛夜呼卢[2]。相逢还解有情无。

浣溪沙

日日双眉斗画长。行云飞絮[3]共轻狂。不将心嫁冶游郎。

溅酒[4]滴残歌扇字,弄花[5]熏得舞衣香。一春弹泪说凄凉。

---

1 酤(gū):买。
2 呼卢:古时一种赌博。
3 飞絮:用杨花柳絮的飘荡无定喻女子的命运和行踪。
4 溅酒:纵饮狂荡。
5 弄花:写女子的娇美情态。

浣溪沙

飞鹊台前晕翠蛾[1]。千金新换绛仙螺。最难加意为颦多。

几处睡痕留醉袖,一春愁思近横波[2]。远山低尽不成歌。

浣溪沙

午醉西桥夕未醒。雨花[3]凄断不堪听。归时应减鬓边青。

衣化客尘[4]今古道,柳含春意短长亭。凤楼争见路旁情。

---

1 翠蛾:美人之眉。
2 横波:比喻女子眼神流动,如水横流。
3 雨花:落花如雨。
4 衣化客尘:旅途中的尘土使衣服变了颜色。

浣溪沙

一样宫妆簇彩舟。碧罗团扇自障羞。水仙人在镜中游。

腰自细来多态度,脸因红处转风流。年年相遇绿江头。

浣溪沙

已折秋千不奈闲。却随胡蝶到花间。旋寻双叶插云鬟[1]。

几折湘裙烟缕细,一钩罗袜素蟾[2]弯。绿窗红豆忆前欢。

---

1 云鬟:指女子发鬟如云。
2 素蟾:指月。

浣溪沙

闲弄筝弦[1]懒系裙。铅华消尽见天真。眼波低处事还新。

怅恨不逢如意酒,寻思难值有情人。可怜虚度琐窗春。

浣溪沙

团扇初随碧簟[2]收。画檐归燕尚迟留。屚朱眉翠喜清秋。

风意未应迷狭路,灯痕犹自记高楼。露花烟叶与人愁。

---

1 闲弄筝弦:并非弹奏乐曲,而是一种近于无意识的习惯性动作,此处指情绪不佳。
2 碧簟(diàn):绿色的竹席。

花逕不曾緣客掃
柴門今始爲君開

浣溪沙

翠阁朱阑倚处危。夜凉闲捻彩箫吹。曲中双凤已双飞。

绿酒细倾消别恨,红笺小写问归期。月华风意似当时。

浣溪沙

唱得红梅字字香[1]。柳枝[2]桃叶尽深藏。遏云声里送雕觞。

才听便挤衣袖湿,欲歌先倚黛眉长。曲终敲损燕钗梁。

---

1 香:形容唱得既甜美又饱含感情。
2 柳枝:指《杨柳枝》曲。

浣溪沙

小杏春声学浪仙[1]。疏梅清唱替哀弦。似花如雪绕琼筵。

腮粉月痕妆罢后,脸红莲艳酒醒前。今年水调得人怜。

浣溪沙

铜虎分符领外台。五云深处彩旌来。春随红旆过长淮[2]。

千里袴襦添旧暖,万家桃李间新栽。使星[3]回首是三台。

---

1 浪仙:唐代诗人贾岛字。
2 长淮:淮河。
3 使星:朝廷派到外地的使者。

浣溪沙

浦口莲香夜不收。水边风里欲生秋。棹歌[1]声细不惊鸥。

凉月送归思往事,落英飘去起新愁。可堪题叶[2]寄东楼。

浣溪沙

莫问逢春能几回。能歌能笑是多才。露花犹有好枝开。

绿鬓旧人皆老大,红梁新燕又归来。尽须珍重掌中杯。

---

1 棹歌:船工行船时所唱之歌。
2 题叶:用唐人红叶题诗之典。

浣溪沙

楼上灯深欲闭门。梦云归去不留痕。几年芳草忆王孙。

向日阑干依旧绿,试将前事倚黄昏。记曾来处易销魂。

六幺令

以柳永《六幺令》（澹烟残照）为正体，双调，九十四字，上下阕各九句，五仄韵。另有其他变体。

六幺令

　　绿阴春尽,飞絮绕香阁。晚来翠眉[1]宫样,巧把远山学[2]。一寸狂心[3]未说,已向横波觉。画帘遮匝[4]。新翻曲妙,暗许闲人带偷掐[5]。

　　前度书多隐语,意浅愁难答。昨夜诗有回纹,韵险[6]还慵押。都待笙歌散了,记取留时霎。不消[7]红蜡。闲云归后,月在庭花旧阑角。

1　翠眉:形容女子眉毛青翠。
2　远山学:即远山眉,又称远山黛,形容女子眉毛如远处清山。
3　一寸狂心:指女子狂乱激动的春心。
4　遮匝:周围,围绕。
5　偷掐:暗暗地依曲调记谱。
6　韵险:难押的韵。
7　不消:不需要。

六幺令

　　雪残风信[1]，悠飔春消息。天涯倚楼新恨，杨柳几丝碧。还是南云雁少，锦字无端的。宝钗瑶席。彩弦声里，拚作尊前未归客。

　　遥想疏梅此际，月底香英白。别后谁绕前溪，手拣繁枝摘。莫道伤高恨远，付与临风笛。尽堪愁寂。花时往事，更有多情个人[2]忆。

1　风信：应时而至的风。
2　个人：那人。

六幺令

　　日高春睡，唤起懒装束。年年落花时候，惯得娇眠足。学唱宫梅便好，更暖银笙逐。黛蛾低绿。堪教人恨，却似江南旧时曲。

　　常记东楼夜雪，翠幕遮红烛。还是芳酒杯中，一醉光阴促。曾笑阳台梦短，无计怜香玉。此欢难续。乞求歌罢，借取归云画堂宿。

更漏子

以温庭筠《更漏子》(玉炉香)为正体,双调,四十六字,上阕六句,两仄韵、两平韵;下阕六句,三仄韵、两平韵。另有其他变体。

更漏子

槛花稀,池草遍。冷落吹笙[1]庭院。人去日,燕西飞。燕归人未归。

数书期,寻梦意。弹指一年春事。新怅望,旧悲凉。不堪红日长。

更漏子

柳间[2]眠,花里醉。不惜绣裙铺地。钗燕重,鬓蝉[3]轻。一双梅子青。

粉笺书,罗袖泪。还有可怜新意。遮闷绿,掩羞红。晚来团扇风。

---

1 吹笙:泛指音乐舞蹈。吹笙庭院,指歌伎娱乐、生活的地方。
2 柳间、花里:指花柳、歌楼妓馆。
3 鬓蝉:鬓发梳制若蝉翼。

更漏子

柳丝长，桃叶小。深院断无人到。红日淡，绿烟晴。流莺三两声。

雪香浓[1]，檀晕少[2]。枕上卧枝花好。春思重，晓妆迟。寻思残梦时。

更漏子

露华高，凤信远。宿醉画帘低卷。梳洗倦，冶游慵。绿窗春睡浓。

彩条[3]轻，金缕[4]重。昨日小桥相送。芳草恨，落花愁。去年同倚楼。

---

1 雪香浓：雪白的肌肤透出浓香。
2 檀晕少：妇女眉旁浅赭色的妆晕消退了。
3 彩条：彩胜。
4 金缕：金缕衣。

更漏子

出墙花,当路柳[1]。借问芳心谁有。红解笑,绿能颦。千般恼乱春。

北来人,南去客。朝暮等闲攀折。怜晚秀,惜残阳。情知枉断肠。

更漏子

欲论心,先掩泪。零落去年风味。闲卧处,不言时。愁多只自知。

到情深,俱是怨。惟有梦中相见。犹似旧,奈人禁。偎人说寸心。

---

1 出墙花、当路柳:指妓女。

何满子

原为唐教坊曲,后为词牌名。双调,七十四字,上下阕各六句,三平韵。唐时本单调六句,每句六字,至五代孙光宪词始有七字一句,变作三十七字体式,其后又加一叠,始成双调。

何满子

对镜偷匀玉箸[1]，背人学写银钩[2]。系谁红豆罗带角，心情正着春游。那日杨花陌上，多时杏子墙头。

眼底关山无奈，梦中云雨空休。问看几许怜才意，两蛾藏尽离愁。难拚此回肠断，终须锁定红楼。

何满子

绿绮琴[3]中心事，齐纨扇[4]上时光。五陵年少浑薄幸，轻如曲水飘香。夜夜魂消梦峡，年年泪尽啼湘。

归雁行边远字，惊莺舞处离肠。蕙楼多少铅华在，从来错倚红妆。可羡邻姬十五，金钗早嫁王昌。

---

1 玉箸：喻眼泪如玉制的筷子。
2 银钩：形容书法中笔姿之遒劲。
3 绿绮琴：装饰华丽的琴。
4 齐纨扇：细纱制的扇子，指歌舞时所持的团扇。

于飞乐

一名《鸳鸯怨曲》。双调,七十二字,上阕八句,四平韵;下阕八句,三平韵。也作曲牌名。

于飞乐

晓日当帘,睡痕犹占香腮。轻盈笑倚鸾台。晕残红,匀宿翠,满镜花开。娇蝉鬓畔,插一枝、淡蕊疏梅。

每到春深,多愁饶恨,妆成懒下香阶。意中人,从别后,萦系情怀。良辰好景,相思字、唤不归来。

愁倚阑令

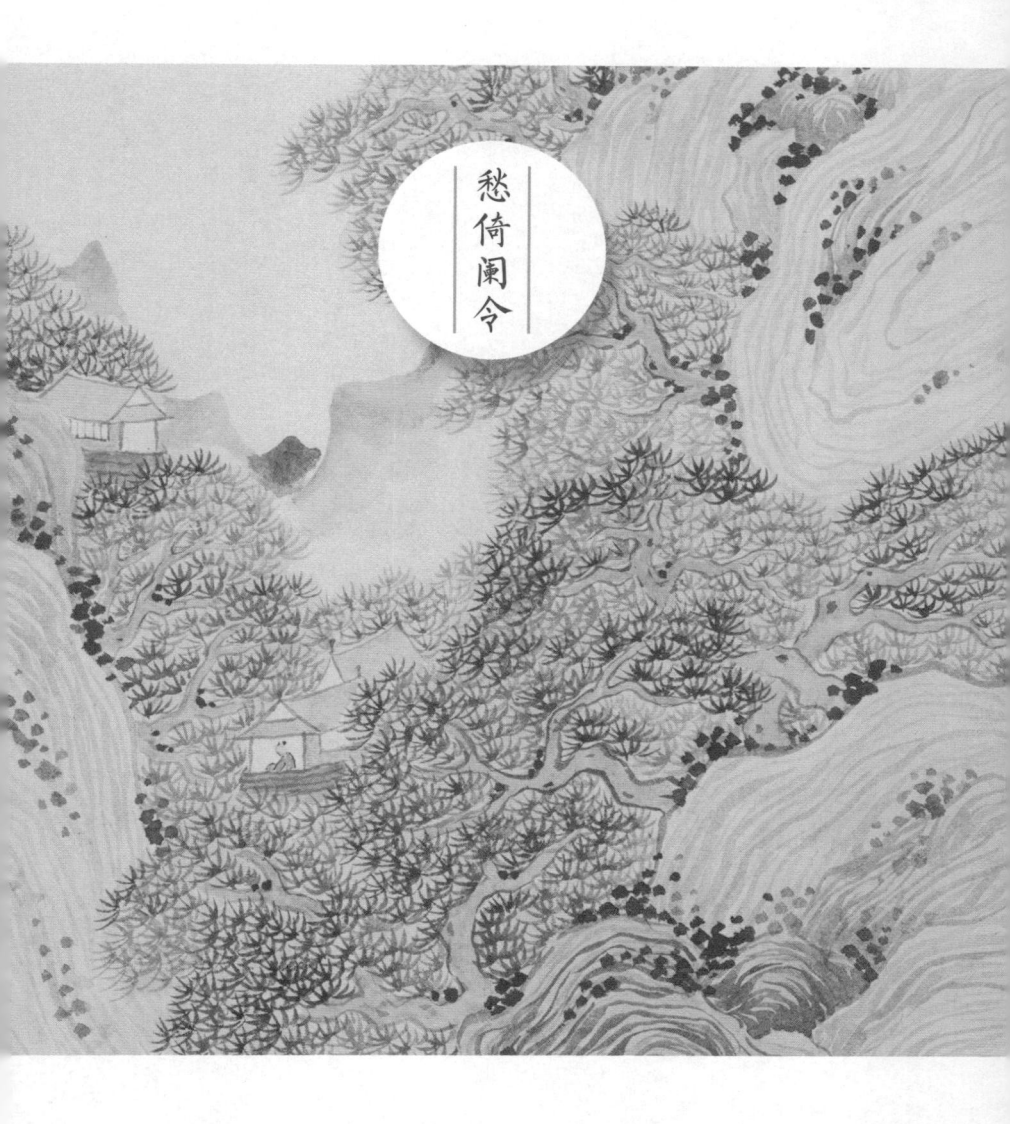

原为唐教坊曲,后为词牌名。又名《春光好》。双调,四十二字,上阕五句,三平韵;下阕四句,两平韵。另有其他变体。

幕翠庭山深處也
靜似太古微此花淡
意方表其意
王原祁

愁倚阑令

凭江阁,看烟鸿。恨春浓。还有当年闻笛泪,洒东风。时候草绿花红。斜阳外、远水溶溶。浑似阿莲双枕畔,画屏中。

愁倚阑令

花阴月,柳梢莺。近清明。长恨去年今夜雨,洒离亭。枕上怀远诗成。红笺纸、小研吴绫。寄与征人教念远,莫无情[1]。

---

[1] 莫无情:既是嘱咐,也是担心。

愁倚阑令

春罗薄,酒醒寒。梦初残。欹枕片时云雨事,已关山。

楼上斜日阑干。楼前路、曾试雕鞍。拚却一襟怀远泪,倚阑看。

御街行

又名《孤雁儿》。双调,七十六字,上下阕各七句,四仄韵。上下两阕用韵由密转疏,回环往复,声情浓烈。

御街行

年光正似花梢露。弹指春还暮。翠眉仙子望归来,倚遍玉城[1]珠树。岂知别后,好风良月,往事无寻处。

狂情错向红尘住。忘了瑶台路。碧桃花蕊已应开,欲伴彩云飞去。回思十载,朱颜青鬓,枉被浮名误。

御街行

街南绿树春饶[2]絮。雪[3]满游春路。树头花艳杂娇云,树底人家朱户。北楼闲[4]上,疏帘高卷,直见街南树。

阑干倚尽犹慵去[5]。几度黄昏雨。晚春盘马[6]踏青苔,曾傍绿阴深驻。落花犹在,香屏空掩,人面知何处。

---

1 玉城:指帝都、京城。
2 饶:充满、多。
3 雪:形容白色的柳絮。
4 闲:高大的样子。
5 慵去:懒得离去。
6 盘马:骑马驰骋盘旋。

浪淘沙

原为唐教坊曲,后为词牌名,刘禹锡、白居易首创乐府歌辞《浪淘沙》,作七言绝句体。双调,五十四字,上下阕各五句,四平韵。此词以迫促的调势、繁密的韵位,凸显出浓郁的感伤色彩。另有多种变体。

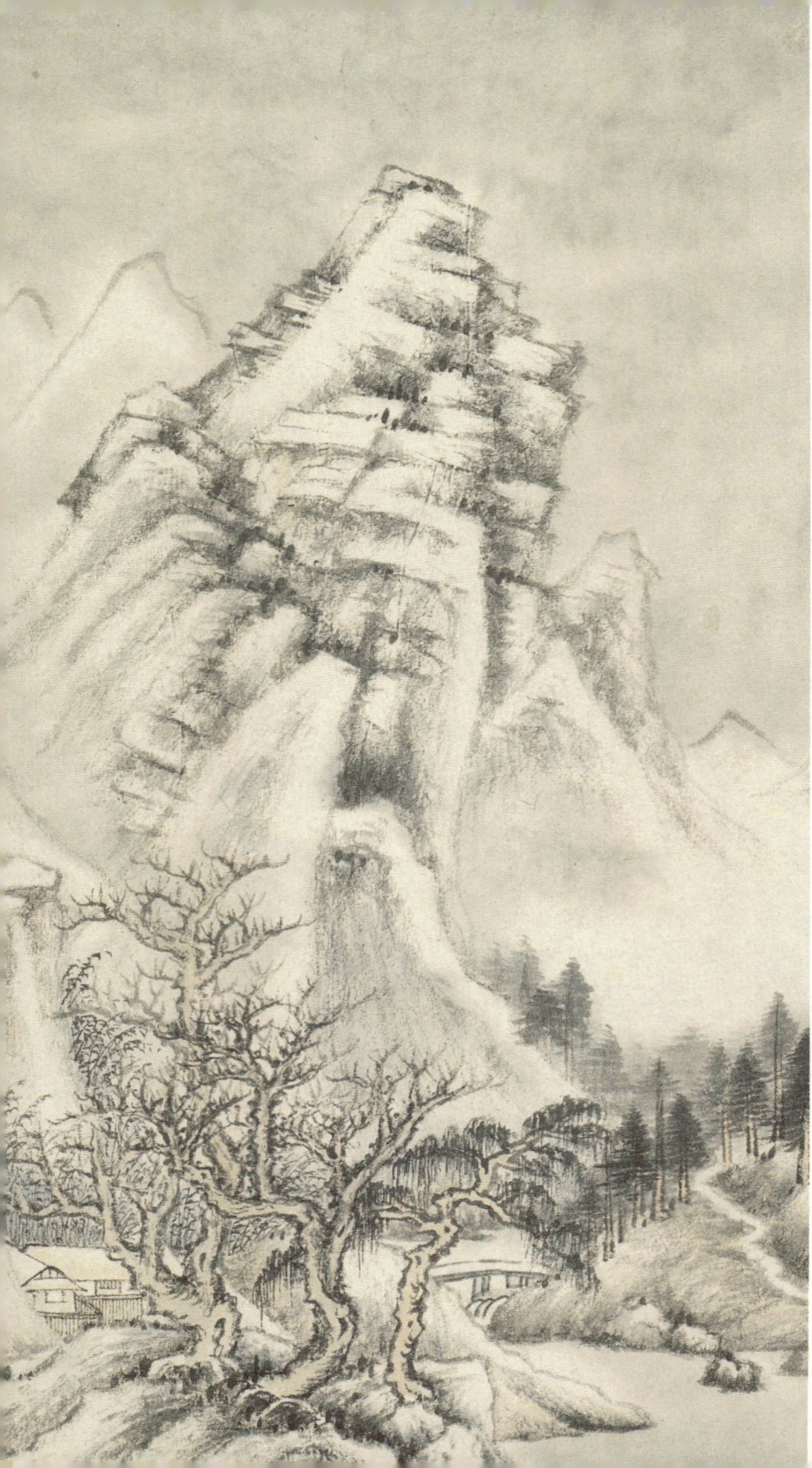

浪淘沙

高阁对横塘。新燕年光。柳花[1]残梦隔潇湘。绿浦归帆看不见,还是斜阳。

一笑解愁肠。人会娥妆。藕丝[2]衫袖郁金香[3]。曳雪牵云留客醉,且伴春狂。

浪淘沙

小绿间长红[4]。露蕊烟丛[5]。花开花落昔年同。惟恨花前携手处,往事成空。

山远水重重。一笑难逢。已拚[6]长在别离中。霜鬓知他从此去,几度春风。

1　柳花:柳絮。
2　藕丝:色彩名。
3　郁金香:酒名。
4　长红:成片的红花。
5　烟丛:露水迷蒙的花丛。
6　拚:舍弃,不顾,不惜。

浪淘沙

丽曲醉思仙。十二哀弦。秾蛾叠柳[1]脸红莲[2]。多少雨条烟叶恨，红泪离筵。

行子惜流年。鹈鴂[3]枝边。吴堤春水舣[4]兰船。南去北来今渐老，难负尊前。

浪淘沙

翠幕绮筵张。淑景[5]难忘。阳关声巧绕雕梁。美酒十分谁与共，玉指持觞。

晓枕梦高唐。略话衷肠。小山池院竹风凉。明夜月圆帘四卷，今夜思量。

1　秾蛾叠柳：皱锁眉头。
2　脸红莲：脸色娇红如荷花。
3　鹈鴂（tí jué）：或作鹈鴂，即杜鹃。
4　舣（yǐ）：船靠拢岸。
5　淑景：良辰。

丑奴儿

双调小令,四十四字,上下阕各四句,三平韵。别有《添字丑奴儿》,或名《添字采桑子》,双调,四十八字,两结句各添二字,两平韵,一叠韵。

丑奴儿

昭华凤管知名久,长闭帘栊。日日春慵。闲倚庭花晕脸红。

应说金谷[1]无人后,此会相逢。三弄临风。送得当筵玉盏空。

丑奴儿

日高庭院杨花转,闲淡春风。莺语惺忪[2]。似笑金屏昨夜空。

娇慵[3]未洗匀妆手,闲印斜红。新恨重重。都与年时旧意同。

---

1 金谷:地名,西晋石崇筑园于此,与友人宾客昼夜游宴其中,盛极一时。
2 惺忪:形容声音轻快。
3 娇慵:柔弱倦怠貌。

诉衷情

唐温庭筠创作此调。原为单调,后演变为双调,四十四字,上阕四句,三平韵;下阕六句,三平韵。另有其他变体。

诉衷情

种花人自蕊宫[1]来。牵衣问小梅。今年芳意何似,应向旧枝开。

凭寄语,谢瑶台。客无才。粉香传信,玉盏开筵,莫待春回。

诉衷情

净揩妆脸浅匀眉。衫子素梅儿。苦无心绪梳洗,闲淡也相宜。

云态度、柳腰肢。[2]入相思。夜来月底,今日尊前,未当佳期。

---

1 蕊宫:即珠宫,道家传说中的仙居。
2 云态度、柳腰肢:形容身姿轻盈柔婉。

诉衷情

渚莲霜晓坠残红。依约旧秋同。玉人团扇恩浅,一意恨西风。[1]

云去住,月朦胧。夜寒浓。此时还是,泪墨书成,未有归鸿。

诉衷情

凭觞静忆去年秋。桐落故溪头。诗成自写红叶[2],和恨寄东流。

人脉脉,水悠悠。几多愁。雁书不到,蝶梦无凭,漫倚高楼。

---

1 "玉人"二句:汉成帝班婕妤失宠。
2 诗成自写红叶:"红叶题诗"的典故,把自己比喻成幽闭的宫女,表达孤独寂寞之情。

寫米家山

诉衷情

小梅风韵最妖娆。开处雪初消。南枝欲附春信,长恨陇人遥。

闲记忆,旧江皋[1]。路迢迢。暗香浮动,疏影横斜,几处溪桥。

诉衷情

长因蕙草记罗裙。绿腰[2]沉水[3]熏。阑干曲处人静,曾共倚黄昏。

风有韵,月无痕。暗销魂。拟将幽恨,试写残花,寄与朝云[4]。

1　江皋:江岸,江边地。
2　绿腰:指裙腰绿色。
3　沉水:沉香。
4　朝云:比喻行踪不定的恋人。

诉衷情

御纱新制石榴裙。沉香慢火熏。越罗双带宫样,飞鹭碧波纹。

随锦字,叠香痕。寄文君[1]。系来花下,解向尊前,谁伴朝云。

诉衷情

都人离恨满歌筵。清唱[2]倚危弦。星屏别后千里,更见是何年。

骢骑稳,绣衣鲜。欲朝天[3]。北人欢笑,南国悲凉,迎送金鞭。

---

1 文君:指卓文君。后泛指新寡妇女,或为美女泛称。
2 清唱:清美的歌唱。
3 朝天:朝见帝王。

破阵子

原为唐教坊曲,后为词牌名。以晏殊《破阵子》(海上蟠桃易熟)为正体,双调,六十二字,上下阕各五句,三平韵。

破阵子

柳下笙歌庭院,花间姊妹秋千。记得春楼当日事,写向红窗夜月前。凭谁寄小莲?

绛蜡[1]等闲[2]陪泪,吴蚕到了[3]缠绵。绿鬓[4]能供多少恨,未肯无情比断弦[5]。今年老去年。

1 绛蜡:红蜡烛。
2 等闲:无端。
3 到了:到底。
4 绿鬓:指乌黑的头发。
5 无情比断弦:像断弦一样无情。

好女儿

此调有两体。四十五字者起于黄庭坚,一作《绣带子》。六十二字者起于晏几道,双调,上阕六句,三平韵;下阕六句,两平韵。

好女儿

绿遍西池[1]。梅子青时。尽无端、尽日东风恶,更霏微细雨,恼人离恨,满路春泥。

应是行云归路,有闲泪、洒相思。想旗亭、望断黄昏月,又依前误了,红笺香信,翠袖欢期。

好女儿

酌酒殷勤。尽更留春。忍无情、便赋馀花落,待花前细把,一春心事,问个人人。

莫似花开还谢,愿芳意、且长新。倚娇红、待得欢期定,向水沉[2]烟底,金莲[3]影下,睡过佳辰。

1 西池:即金明池,在宋都开封西部。
2 水沉:即沉香。
3 金莲:指金莲烛,其烛台形似莲花瓣状。

点绛唇

此调创自五代冯延巳,双调,四十一字,上阕四句,三仄韵;下阕五句,四仄韵。另有其他变体。

点绛唇

花信[1]来时,恨无人似花依旧。又成春瘦。折断门前柳。

天与多情,不与长相守。分飞[2]后。泪痕和酒。占了双罗袖。

点绛唇

明日征鞭[3],又将南陌垂杨折。自怜轻别。拚得音尘绝。

杏子枝边,倚处阑干月。依前缺。去年时节。旧事无人说。

---

1 花信:花开的风信、消息。古人将春天分为二十四番花信,即二十四番花信风,各种名花按花信顺序开放。
2 分飞:离别。
3 征鞭:远行的马鞭。借指远行。

点绛唇

碧水东流,漫题凉叶津头寄。谢娘春意。临水颦双翠。

日日骊歌,空费行人泪。成何计。未如浓醉。闲掩红楼睡。

点绛唇

妆席相逢,旋匀红泪歌金缕[1]。意中曾许。欲共吹花去。

长爱荷香,柳色殷桥路。留人住。淡烟微雨。好个双栖处。

---

[1] 金缕:即《金缕衣》,曲调名。

点绛唇

　　湖上西风,露花啼处秋香老。谢家春草。唱得清商[1]好。

　　笑倚兰舟,转尽新声了。烟波渺。暮云稀少。一点凉蟾小。

1　清商:南北朝时,中原旧曲及江南吴歌、荆楚西声,总称"清商乐"。

两同心

双调，六十八或七十二字，有仄、平韵及三声叶韵三体。仄韵为柳永首创，平韵为晏几道首创，三声叶韵为杜安世首创。

两同心

　　楚乡春晚,似入仙源[1]。拾翠[2]处、闲随流水,踏青[3]路、暗惹香尘。心心[4]在,柳外青帘[5],花下朱门。

　　对景且醉芳尊。莫话销魂。好意思[6]、曾同明月,恶滋味、最是黄昏。相思处,一纸红笺,无限啼痕。

1　仙源:特指陶渊明所描绘的理想境地桃花源。
2　拾翠:拾取翠鸟羽毛以为首饰。后多指妇女游春。
3　踏青:古人有农历二月二日或三月上巳日郊游的习俗。
4　心心:彼此间的情意。
5　青帘:旧时酒店门口挂的幌子,多用青布制成。此处借指酒家。
6　意思:心情、情绪。

少年游

以晏殊《少年游》（芙蓉花发去年枝）为正体，双调，五十字，上阕五句，三平韵；下阕五句，两平韵。另有其他变体。

少年游

绿勾阑[1]畔,黄昏淡月,携手对残红。纱窗影里,朦腾春睡,繁杏小屏风。

须愁别后,天高海阔,何处更相逢。幸有花前,一杯芳酒,欢计莫忽忽。

少年游

西溪丹杏,波前媚脸,珠露与深匀。南楼翠柳,烟中愁黛,丝雨恼娇颦。

当年此处,闻歌飐酒,曾对可怜人。今夜相思,水长山远,闲卧送残春。

---

[1] 勾阑:指栏杆。

少年游

离多最是，东西流水，终解[1]两相逢。浅情终似，行云无定，犹到梦魂[2]中。

可怜人意，薄于云水，佳会更难重。细想从来，断肠多处，不与者番[3]同。

少年游

西楼别后，风高露冷，无奈月分明。飞鸿影里，捣衣砧[4]外，总是玉关[5]情。

王孙[6]此际，山重水远，何处赋西征。金闺[7]魂梦枉丁宁。寻尽短长亭。

---

1 解：懂得、知道。
2 梦魂：即梦，古人认为人有灵魂，能在睡梦中离开肉体，故称"梦魂"。
3 者番：这一次。
4 砧：捣衣石。
5 玉关：指玉门关。泛指边远之地。
6 王孙：贵族子弟的通称。
7 金闺：女子闺阁。

少年游

雕梁燕去,裁诗[1]寄远,庭院旧风流。黄花醉了,碧梧题罢,闲卧对高秋。

繁云破后,分明素月,凉影挂金钩。有人凝澹倚西楼。新样两眉愁。

---

1 裁诗:作诗。

虞美人

原为唐教坊曲,后为词牌名。双调,五十六字,上下阕各四句,两仄韵,两平韵。此调声情舒缓起伏,宜于表现绵邈无尽的感伤情绪。

虞美人

闲敲玉镫[1]隋堤[2]路。一笑开朱户。素云凝澹月婵娟。门外鸭头[3]春水、木兰船。

吹花拾蕊嬉游惯。天与相逢晚。一声长笛倚楼时。应恨不题红叶、寄相思。

虞美人

飞花自有牵情处。不向枝边坠。随风飘荡已堪愁。更伴东流流水、过秦楼。

楼中翠黛含春怨。闲倚阑干见。远弹双泪惜香红[4]。暗恨玉颜光景、与花同。

---

1 闲敲玉镫：意谓骑马闲游。
2 隋堤：隋炀帝大业元年重浚汴河，开通济渠，沿河筑堤，后称隋堤。
3 鸭头：即鸭头绿，形容春水碧绿之色如鸭头之绿。
4 香红：指花。

虞美人

曲阑干外天如水。昨夜还曾倚。初[1]将明月比佳期。长向月圆时候、望人归。

罗衣着破前香在。旧意谁教改。一春离恨懒调弦。犹有两行闲泪[2]、宝筝前。

虞美人

疏梅[3]月下歌金缕。忆共文君语。更谁情浅似春风。一夜满枝新绿、替残红。

蘋[4]香已有莲开信。两桨佳期近。采莲时节定来无?醉后满身花影、倩[5]人扶。

---

1 初:刚分别时。
2 闲泪:闲愁之泪。
3 疏梅:疏影横斜的梅花。
4 蘋:一种大的浮萍。夏、秋间开小白花。
5 倩:请。

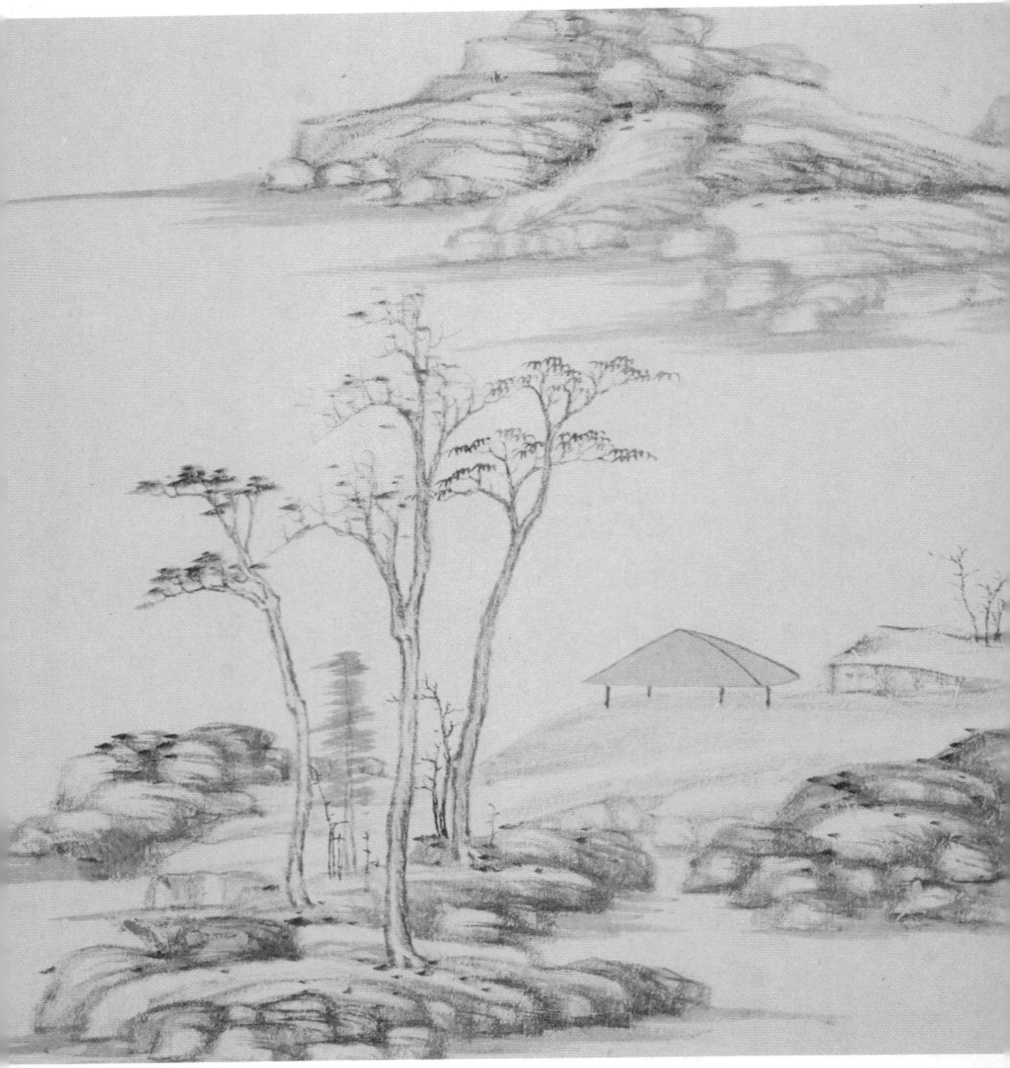

虞美人

玉箫吹遍烟花路。小谢[1]经年去。更教谁画远山眉。又是陌头风细、恼人时。

时光不解年年好。叶上秋声早。可怜蝴蝶易分飞。只有杏梁双燕、每来归。

虞美人

秋风不似春风好。一夜金英[2]老。更谁来凭曲阑干?惟有雁边斜月、照关山。

双星旧约年年在。笑尽人情改。有期无定是无期。说与小云新恨、也低眉[3]。

---

1 小谢：南朝宋谢朓，与"大谢"谢灵运同族。
2 金英：菊花。
3 低眉：低头。

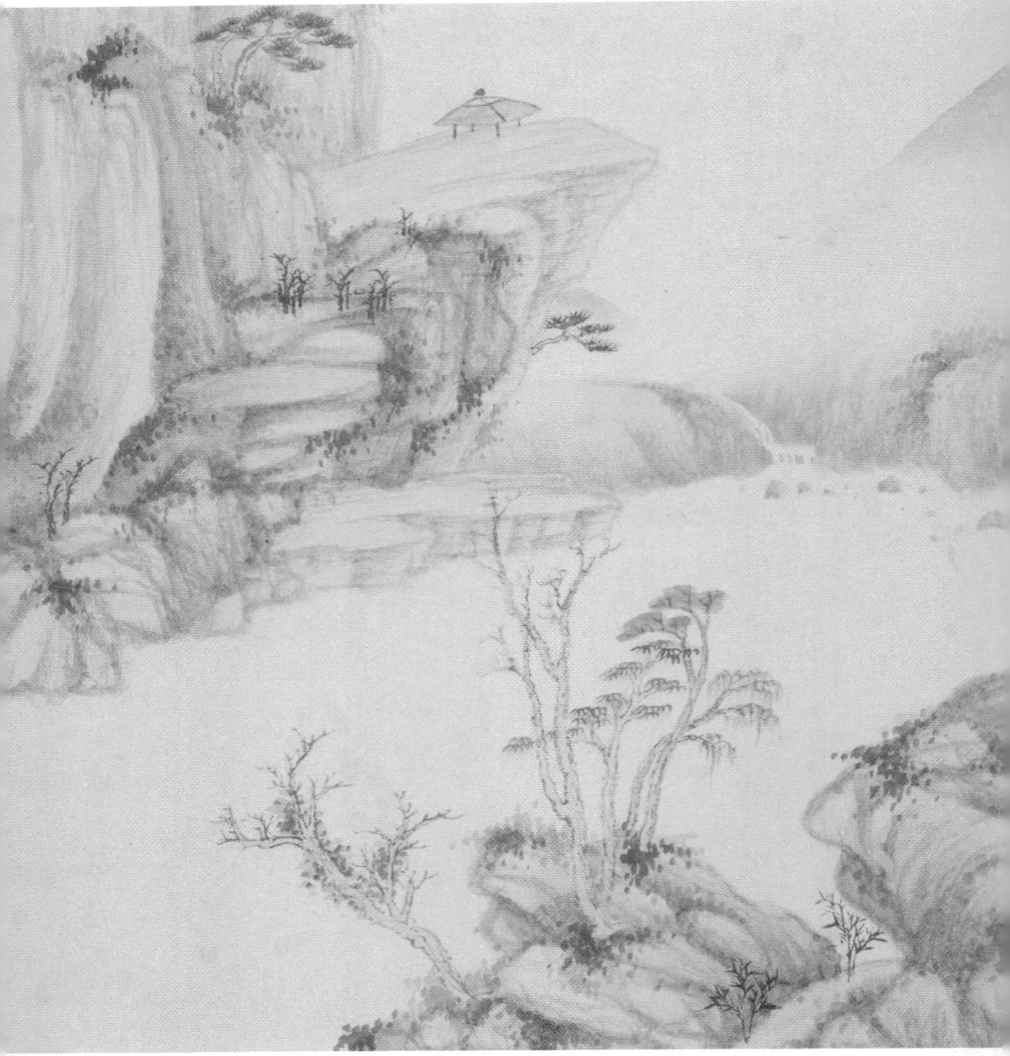

虞美人

小梅枝上东君[1]信。雪后花期近。南枝开尽北枝开。长被陇头游子、寄春来。

年年衣袖年年泪。总为今朝意。问谁同是忆花人。赚得[2]小鸿[3]眉黛、也低颦。

虞美人

湿红笺纸回文字[4]。多少柔肠事？去年双燕欲归时。还是碧云千里、锦书迟。

南楼风月长依旧。别恨无端有。倩谁横笛倚危阑。今夜落梅声里、怨关山。

---

1 东君：春神。东君当值，即是春天。
2 赚得：赢得、使得。
3 小鸿：词中女主人的同伴姐妹，当系"莲、鸿、蘋、云"中的一位。
4 回文字：既表示书信是用尽心思写成，又暗示千回百转的愁绪。

虞美人

　　一弦弹尽仙韶[1]乐。曾破千金学。玉楼银烛夜深深。愁见曲中双泪、落香襟。

　　从来不奈离声怨。几度朱弦断。未知谁解赏新音[2]。长是好风明月、暗知心。

1　仙韶：即《仙韶曲》。亦泛称宫廷乐曲。
2　新音：新曲。

采桑子

以和凝《采桑子》（蠕蛴领上诃梨子）为正体，双调小令，四十四字，上下阕各四句，三平韵。另有其他变体。

采桑子

秋千散后朦胧月,满院人闲。几处雕阑。一夜风吹杏粉残。

昭阳殿[1]里春衣就,金缕初干。莫信朝寒。明日花前试舞看。

采桑子

花前独占春风早,长爱江梅[2]。秀艳清杯。芳意先愁凤管催。

寻香已闲人后,此恨难裁。更晚须来。却恐初开胜未开。

---

1 昭阳殿:汉官殿名。汉成帝时赵飞燕居之。
2 江梅:一种花小色淡之梅。

采桑子

芦鞭坠遍杨花陌,晚见珍珍。疑是朝云。来作高唐梦里人。

应怜醉落楼中帽,长带歌尘[1]。试拂香茵。留解金鞍睡过春。

采桑子

日高庭院杨花转,闲淡春风。昨夜匆匆。颦入遥山翠黛[2]中。

金盆水冷菱花[3]净,满面残红。欲洗犹慵。弦上啼乌此夜同。

---

1 歌尘:隋刘端和《初春宴东堂应令》诗:"歌尘落妓行。"
2 翠黛:指眉。
3 菱花:指镜子。

倣大痴筆

采桑子

征人[1]去日殷勤嘱,莫负心期[2]。寒雁来时。第一传书慰别离。

轻春织就机中素,泪墨题诗。欲寄相思。日日高楼看雁飞。

采桑子

花时恼得琼枝瘦,半被残香。睡损梅妆[3]。红泪今春第一行。

风流笑伴相逢处,白马游缰。共折垂杨。手捻芳条说夜长。

1 征人:外出远行的人。
2 心期:指两心互相期许。
3 梅妆:梅花妆。

采桑子

春风不负年年信,长趁花期。小锦堂西。红杏初开第一枝。

碧箫度曲[1]留人醉,昨夜归迟。短恨凭谁。莺语殷勤月落时。

采桑子

秋来更觉销魂[2]苦,小字还稀。坐想行思。怎得相看似旧时。

南楼把手凭肩处,风月应知。别后除非。梦里时时得见伊。

1　度曲:制曲。
2　销魂:形容极度愁苦。

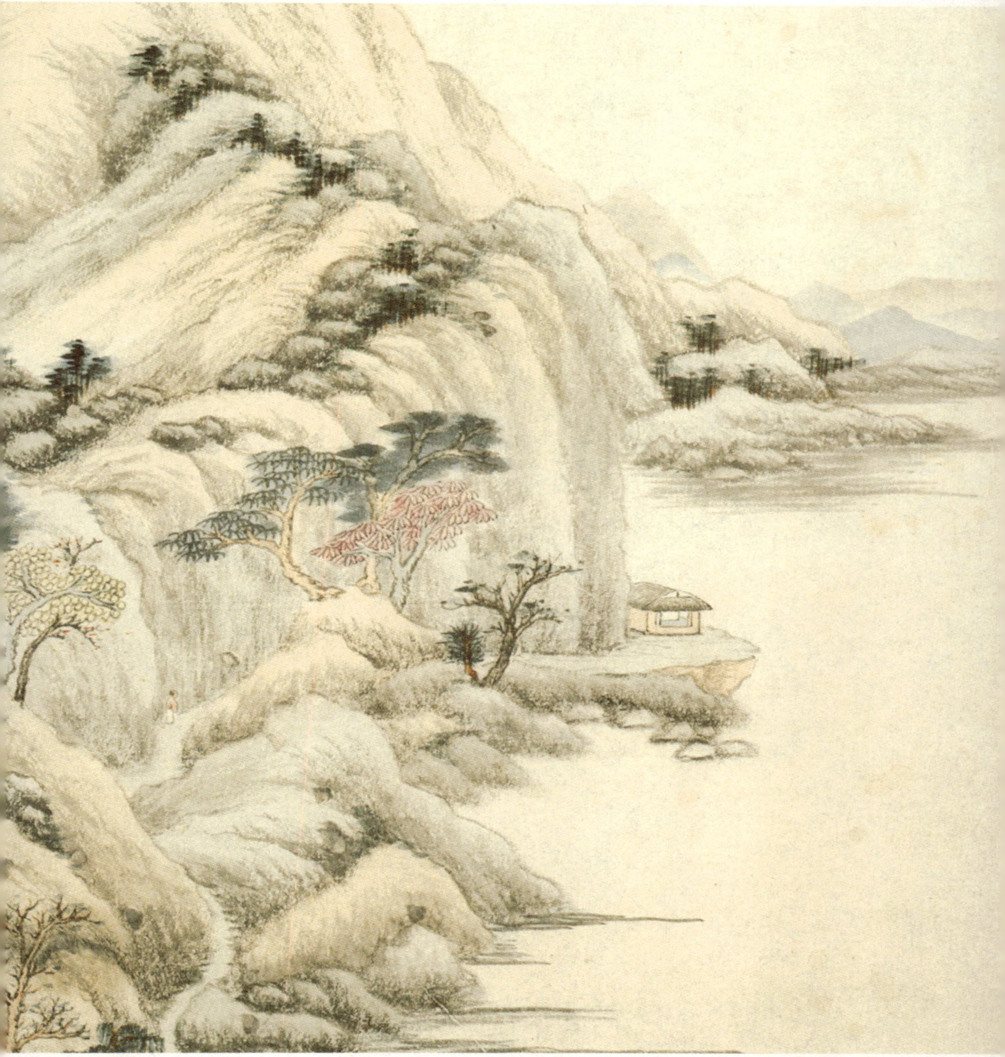

采桑子

谁将一点凄凉意,送入低眉。画箔[1]闲垂。多是今宵得睡迟。

夜痕记尽窗间月,曾误心期。准拟相思。还是窗间记月时。

采桑子

宜春苑外楼堪倚,雪意方浓。雁影冥濛[2]。正共银屏小景同。

可无人解相思处,昨夜东风。梅蕊应红。知在谁家锦字中。

---

1 画箔:画帘。
2 冥濛:幽暗不明。

采桑子

白莲池上当时月,今夜重圆。曲水[1]兰船。忆伴飞琼看月眠。

黄花绿酒分携后,泪湿吟笺。旧事年年。时节南湖又采莲。

采桑子

高吟烂醉淮西月,诗酒相留。明日归舟。碧藕花中醉过秋。

文姬[2]赠别双团扇,自写银钩[3]。散尽离愁。携得清风出画楼。

---

1 曲水:古代风俗于农历三月上旬巳日,在水滨宴乐以祛除不祥。
2 文姬:指蔡文姬。
3 银钩:形容书法遒劲。

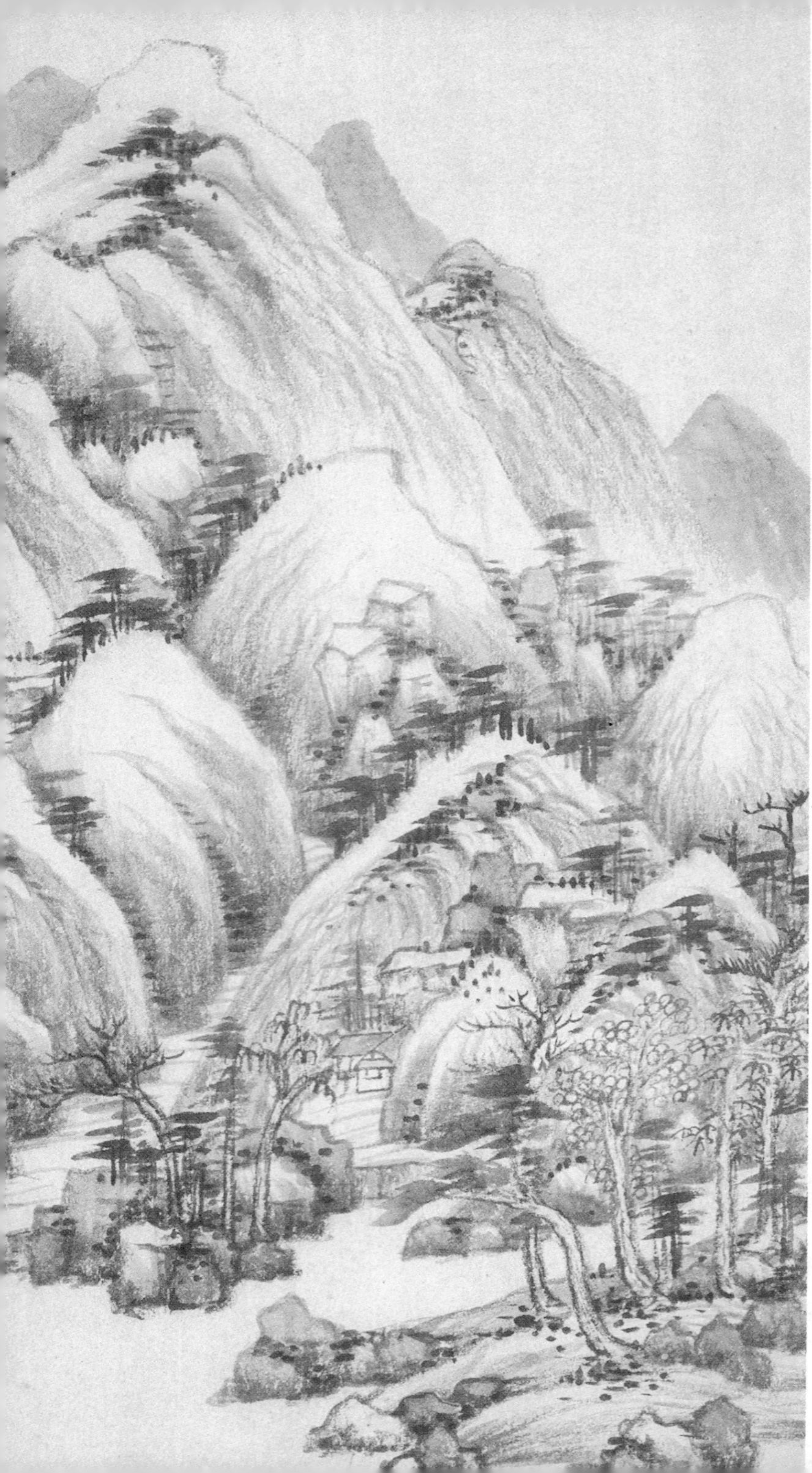

采桑子

前欢几处笙歌地,长负登临。月幌[1]风襟。犹忆西楼着意深。

莺花[2]见尽当时事,应笑如今。一寸愁心。日日寒蝉夜夜砧。

采桑子

无端恼破[3]桃源梦,明日青楼。玉腻花柔[4]。不学行云易去留。

应嫌衫袖前香冷,重傍金虬[5]。歌扇风流。遮尽归时翠黛愁。

---

1 幌:窗帘。
2 莺花:莺啼花开,泛指春日景象。
3 恼破:指惊醒。
4 玉腻花柔:形容女子娇美。
5 金虬:雕有虬龙图案的香炉。

采桑子

年年此夕东城见,欢意匆匆。明日还重。却在楼台缥缈中。

垂螺[1]拂黛清歌女,曾唱相逢。秋月春风。醉枕香衾一岁同。

采桑子

双螺[2]未学同心绾,已占歌名。月白风清。长倚昭华[3]笛里声。

知音敲尽朱颜改,寂寞时情。一曲离亭。借与青楼忍泪听。

---

1 垂螺:螺状发髻。
2 双螺:螺形双髻。
3 昭华:古代著名玉管。

采桑子

西楼月下当时见,泪粉偷匀[1]。歌罢还颦[2]。恨隔炉烟看未真。

别来楼外垂杨缕,几换青春[3]。倦客红尘[4]。长记楼中粉泪人。

采桑子

非花非雾前时见[5],满眼娇春。浅笑微颦。恨隔垂帘看未真。

殷勤借问家何处,不在红尘。若是朝云。宜作今宵梦里人。

---

1 泪粉偷匀:暗自擦干泪水,重把粉搽匀。
2 还颦:却皱着眉。
3 青春:春天。
4 倦客红尘:厌倦了客居,指奔走在外。
5 非花非雾前时见:白居易《花非花》:"花非花,雾非雾。夜半来,天明去。来如春梦不多时,去似朝云无觅处。"

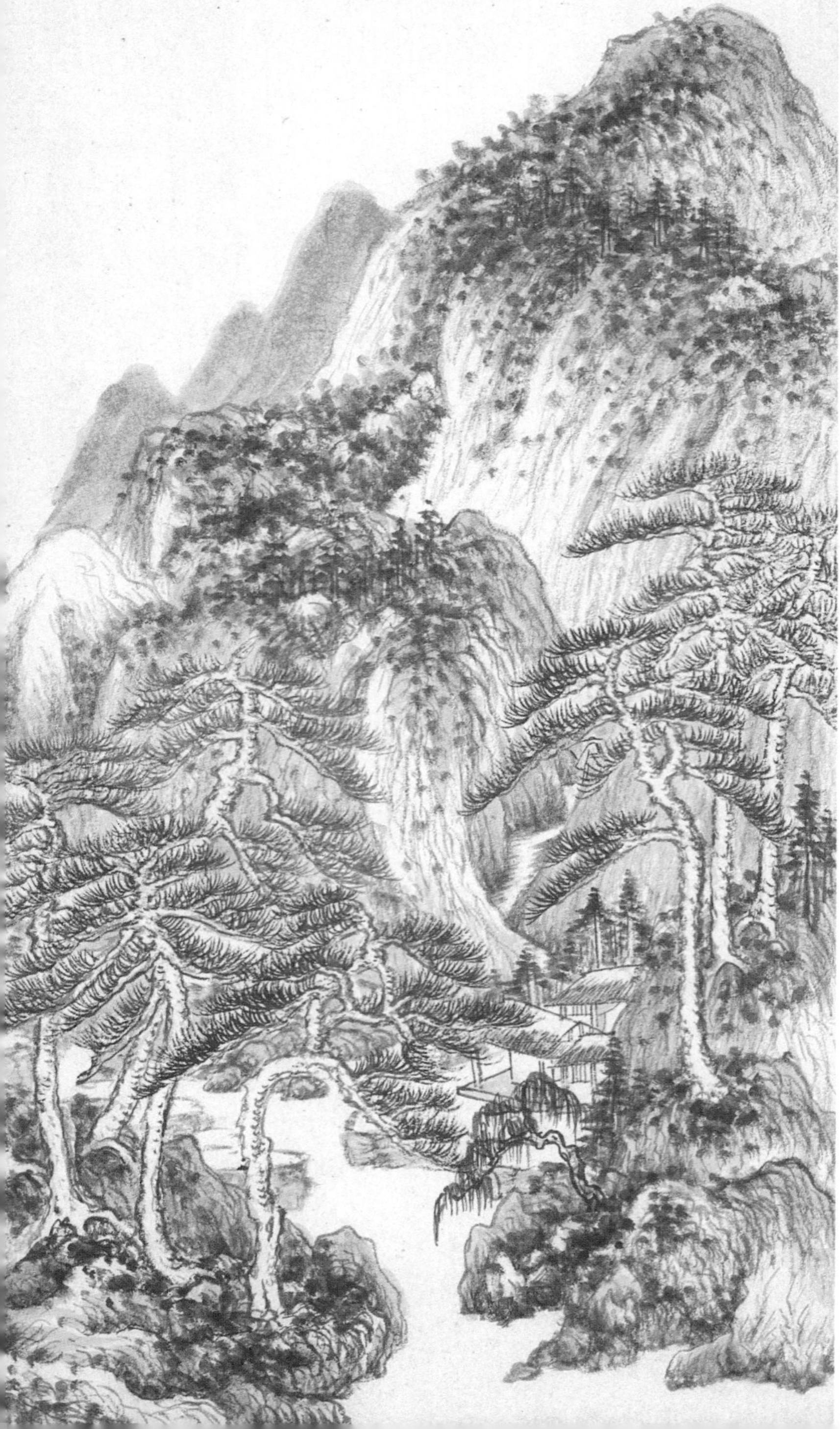

采桑子

当时月下分飞处,依旧凄凉。也会思量。不道孤眠夜更长。

泪痕揾遍鸳鸯枕,重绕回廊。月上东窗。长到如今欲断肠。

采桑子

湘妃浦口莲开尽,昨夜红稀。懒过前溪。闲舣[1]扁舟看雁飞。

去年谢女池边醉,晚雨霏微。记得归时。旋折新荷盖舞衣。

---

1 舣:停船靠岸。

采桑子

别来长记西楼事,结遍兰襟[1]。遗恨重寻。弦断相如绿绮琴[2]。

何时一枕逍遥夜,细话初心。若问如今。也似当时着意深。

采桑子

红窗碧玉[3]新名旧,犹绾双螺[4]。一寸秋波。千斛明珠觉未多。

小来竹马同游客,惯听清歌。今日蹉跎。恼乱工夫晕翠蛾。

---

1 兰襟:衣襟。
2 绿绮琴:古琴名。
3 碧玉:南朝宋汝南王妾。
4 双螺:古代青年女子梳绾于头顶两侧的螺形发髻。

名雲錦可
桃花春水之
意倣趙大年
巳年
樵庵

采桑子

金风玉露[1]初凉夜,秋草窗前。浅醉闲眠[2]。一枕江风梦不圆。

长情短恨难凭寄,枉费红笺。试拂么弦。却恐琴心可暗传。

采桑子

心期昨夜寻思遍,犹负殷勤。齐斗堆金。难买丹诚一寸真。

须知枕上尊前意,占得长春。寄语东邻。似此相看有几人。

---

1 金风玉露:秋风秋露。
2 浅醉闲眠:醉不要太深,眠须得心情闲适。

踏莎行

以晏殊《踏莎行》(细草愁烟)为正体,双调,五十八字,上下阕各五句,三仄韵。另有其他变体。

馬期徑磴
一原邨

踏莎行

柳上烟归，池南雪尽。东风渐有繁华信。花开花谢蝶应知，春来春去莺能问。

梦意犹疑，心期欲近。云笺字字萦方寸[1]。宿妆曾比杏花红，忆人细把香英认。

踏莎行

宿雨收尘，朝霞破暝。风光暗许花期定。玉人呵手试妆时，粉香帘幕阴阴静。

斜雁[2]朱弦，孤鸾绿镜。伤春误了寻芳兴。去年今日杏墙西，啼莺唤得闲愁醒。

---

1 方寸：指心。
2 斜雁：筝弦下面的筝码如雁行斜飞。

踏莎行

绿径穿花,红楼压水。寻芳误到蓬莱地。玉颜人是蕊珠[1]仙,相逢展尽双蛾翠。

梦草闲眠,流觞浅醉。一春总见瀛洲事。别来双燕又西飞,无端不寄相思字。

踏莎行

雪尽寒轻,月斜烟重。清欢犹记前时共。迎风朱户背灯开,拂檐花影侵帘动。

绣枕双鸳,香苞[2]翠凤。从来往事都如梦。伤心最是醉归时,眼前少个人人送。

1　蕊珠:指女道士官观。
2　香苞:苞,同包,即香囊。

满庭芳

双调,九十五字,上下阕各十句,四平韵。此调音节和谐舒缓,宜于表达温柔缠绵的情感。另有其他变体。

满庭芳

南苑吹花,西楼题叶,故园欢事重重。凭阑秋思,闲记旧相逢。几处歌云梦雨[1],可怜便、流水西东。别来久,浅情未有,锦字[2]系征鸿。

年光[3]还少味,开残槛菊,落尽溪桐。漫留得,尊前淡月西风。此恨谁堪共说,清愁付、绿酒杯中。佳期在,归时待把,香袖看啼红[4]。

1 歌云梦雨:旧时把男女欢情称作云雨情,即对云雨情在歌中梦中之重温。
2 锦字:指情人的书信。
3 年光:时光。
4 啼红:指红泪,即美人之泪。此处借喻相思之苦。

留春令

调见《小山乐府》。以晏几道《留春令》(画屏天畔)为正体,双调,五十字,上阕五句,两仄韵;下阕四句,三仄韵。另有其他变体。

壬辰秋日寫黃鶴山樵
夏日山居墨法
麓臺

留春令

画屏天畔,梦回依约[1],十洲云水。手捻红笺寄人书,写无限、伤春事。

别浦[2]高楼曾漫倚。对江南千里。楼下分流[3]水声中,有当日、凭高泪。

留春令

采莲舟上,夜来陡觉,十分秋意。懊恼寒花暂时香,与情浅、人相似。

玉蕊歌清招晚醉。恋小桥风细。水湿红裙酒初消,又记得、南溪事。

---

1 依约:依稀、隐隐约约。
2 别浦:分别的水边。
3 分流:以水的东西分流比喻人的离别。

留春令

海棠风[1]横,醉中吹落,香红强半[2]。小粉多情怨花飞,仔细把、残香看。

一抹浓檀秋水畔。缕金衣新换。鹦鹉杯深艳歌迟,更莫放、人肠断。

---

1 海棠风:古代以不同花期而来的风为花信风。由小寒至谷雨一百二十天,每五日一候,每候应一种花信。海棠风为春分节三信之一。
2 强半:大半。

风入松

双调,七十四字,上下阕各六句,四平韵。此调音节轻柔谐婉,宜于表达寂寞冷落或温柔缠绵的感受。

风入松

　　柳阴庭院杏梢墙。依旧巫阳。凤箫已远青楼在，水沉谁、复暖前香。临镜舞鸾离照[1]，倚筝飞雁[2]辞行[3]。

　　坠鞭人意自凄凉。泪眼回肠。断云残雨当年事，到如今、几处难忘。两袖晓风花陌，一帘夜月兰堂。

风入松

　　心心念念忆相逢。别恨谁浓。就中懊恼难拚处，是擘钗、分钿匆匆。[4]却似桃源路失，落花空记前踪。

　　彩笺书尽浣溪红。深意难通。强欢殢酒图消遣，到醒来、愁闷还重。若是初心未改，多应此意须同。

1　临镜舞鸾离照：喻分离。
2　筝飞雁：筝柱排列如雁行。
3　辞行：弹筝女子已去。
4　是擘钗、分钿匆匆：喻男女分离。

清商怨

古乐府有"清商曲辞",其音多哀怨,故取以为名。双调,四十二字,前后段各四句,三仄韵。另有其他变体。

清商怨

庭花香信尚浅。最¹玉楼先暖。梦觉春衾²,江南依旧远。

回文锦字暗³剪。漫⁴寄与、也应归晚。要问相思,天涯独自短。

1　最:犹正、恰。
2　春衾(qīn):春季用的被子。
3　暗:默默的样子。
4　漫:徒然。

秋蕊香

以晏殊《秋蕊香》(梅蕊雪残香瘦)为正体,双调,四十八字,上下阕各四句,四仄韵。另有其他变体。

秋蕊香

池苑清阴欲就[1]。还傍送春时候。眼中人去难欢偶[2]。谁共一杯芳酒。

朱阑碧砌[3]皆如旧。记携手。有情不管别离久。情在相逢终有。

秋蕊香

歌彻郎君秋草。别恨远山眉[4]小。无情莫把多情恼。第一归来须早。

红尘自古长安道。故人少。相思不比相逢好。此别朱颜应老。

1　就：成。
2　难欢偶：指难以再有往日的欢乐。
3　朱阑碧砌：朱红的阑干，青碧的台阶。
4　远山眉：《西京杂记》："卓文君姣好，眉色如望远山。"

思远人

调见《小山乐府》,因词有"千里念行客"句,取其意以为名。双调,五十一字,上阕五句,两仄韵;下阕五句,三仄韵。

思远人

红叶黄花[1]秋意晚,千里念行客[2]。飞云过尽,归鸿无信,何处寄书得。

泪弹不尽临窗滴。就砚旋研墨[3]。渐写到别来[4],此情深处,红笺为无色。

---

1 黄花:菊花。
2 千里念行客:思念千里之外的行客。
3 就砚旋研墨:眼泪滴到砚中,就用它来研墨。
4 别来:别后。

碧牡丹

以晏几道《碧牡丹》(翠袖疏纨扇)为正体,双调,七十四字,上阕七句,五仄韵;下阕八句,六仄韵。另有其他变体。

碧牡丹

翠袖[1]疏纨扇。凉叶催归燕。一夜西风，几处伤高怀远。细菊枝头，开嫩香[2]还遍。月痕依旧庭院。

事何限。怅望秋意晚。离人鬓华将换。静忆天涯，路比此情犹短。试约鸾笺，传素期良愿[3]，南云[4]应有新雁。

1　翠袖：代指美人。
2　嫩香：新花。
3　素期良愿：平素的期望和美好的心愿。
4　南云：南飞之云，寄思乡之情。

长相思

原为唐教坊曲,后为词牌名。双调小令,三十六字,上下阕各四句,三平韵,一叠韵。此调多用来抒发久别盼归、缠绵悱恻的相思之情。

长相思

长相思。长相思。若问相思甚了期[1]。除非相见时。

长相思。长相思。欲把相思说似[2]谁。浅情人[3]不知。

---

1 甚了期：何时才是了结的时候。
2 似：给与。
3 浅情人：薄情人。

醉落魄

又名《一斛珠》《怨春风》《醉落花》等。双调,五十七字,上下阕各五句,四仄韵。此词十句中有八句入韵,韵位稠密,声调流转和谐。

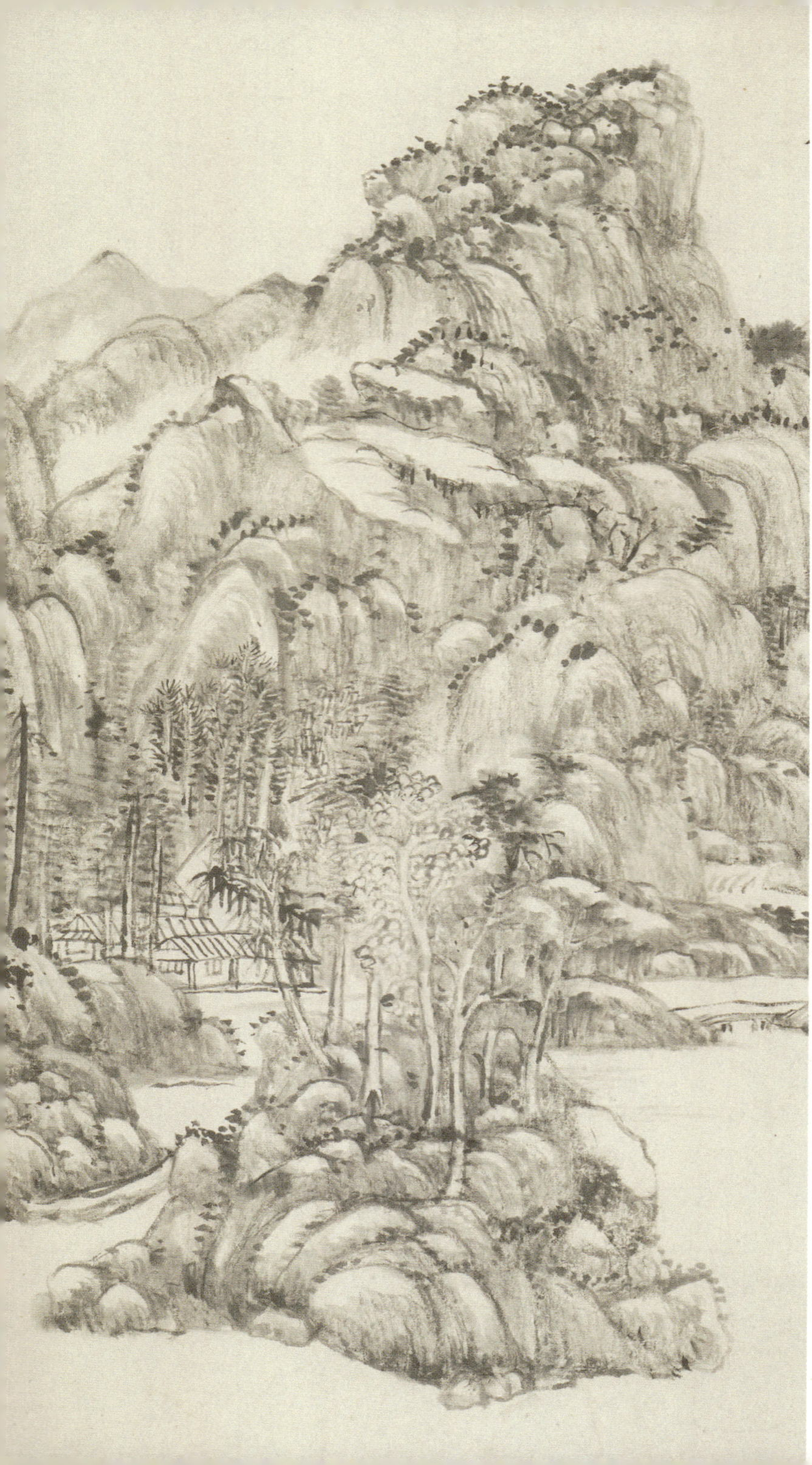

醉落魄

满街斜月。垂鞭自唱阳关彻。断尽柔肠思归切。都为人人,不许多时别。

南桥昨夜风吹雪。短长亭下征尘歇。归时定有梅堪折。欲把离愁,细捻花枝说。

醉落魄

鸾孤[1]月缺[2]。两春惆怅音尘绝。如今若负当时节。信道欢缘,枉向衣襟结。

若问相思何处歇。相逢便是相思彻。尽饶别后留心别。也待相逢,细把相思说。

---

1 鸾孤:即孤鸾,指失偶的鸾鸟。比喻男女的离分或失偶的夫妇。
2 月缺:指美满生活的破碎。

醉落魄

天教命薄。青楼占得声名恶。对酒当歌寻思着。月户星窗,多少旧期约。

相逢细语初心[1]错。两行红泪[2]尊前落。霞觞[3]且共深深酌。恼乱[4]春宵,翠被都闲却。

醉落魄

休休莫莫[5]。离多还是因缘恶。有情无奈思量着,月夜佳期,近定青笺约。

心心口口长恨昨。分飞容易当时错。后期休似前欢薄。买断青楼,莫放春闲却。

---

1 初心:原为本意、本愿,此处应是当初的想法。
2 红泪:女子的眼泪。
3 霞觞:酒杯的美称。
4 恼乱:缭乱。
5 休休莫莫:《旧唐书·司空图传》载其晚年退隐作"休休亭",并题云:"咄咄!休休休,莫莫莫。伎俩虽多性灵恶,赖是长教闲处着。休休休,莫莫莫。一局棋,一炉药,天意时情可料度。白日偏催快活人,黄金难买堪骑鹤。"

望仙楼

即《胡捣练》。此调与《捣练子》异，或云似《桃源忆故人》，但上下阕起句有押韵不押韵之分。双调，四十七字，上下阕各四句，三仄韵。

望仙楼

小春[1]花信日边来,未上江楼先坼。今岁东君消息。还自南枝得。

素衣染尽天香,玉酒添成国色。一自故溪疏隔。肠断长相忆。

---

1 小春:农历十月天气不寒,有如初春,称小春或小阳春。

凤孤飞

调见《小山乐府》。以晏几道《凤孤飞》(一曲画楼钟动)为正体,双调,四十八字,上阕四句,三仄韵;下阕四句,四仄韵。

凤孤飞

　　一曲画楼钟动，宛转歌声缓。绮席飞尘满。更少待、金蕉[1]暖。

　　细雨轻寒今夜短。依前是、粉墙别馆。端的欢期应未晚。奈归云难管。

1　金蕉：酒杯。

西江月

原为唐教坊曲,后为词牌名。双调,五十字,上下阕各两平韵,结句各押一仄韵。敦煌琵琶谱犹存此调曲谱。

西江月

愁黛颦成月浅,啼妆[1]印得花残。只消鸳枕夜来闲。晓镜心情便懒。

醉帽檐头风细,征衫袖口香寒。绿江春水寄书难。携手佳期又晚。

西江月

南苑[2]垂鞭路冷,西楼把袂人稀。庭花犹有鬓边枝。且插残红自醉。

画幕凉催燕去,香屏晓放云归。依前青枕梦回时。试问闲愁有几。

---

1 啼妆:《后汉书·五行志》:"桓帝元嘉中,京都妇女作愁眉、啼妆……啼妆者,薄拭目下若啼处。"
2 南苑:泛指园苑。

武陵春

相传为北宋词人毛滂所创,以其词《武陵春》(风过冰檐环珮响)为正体,双调,四十八字,上下阕各四句,三平韵。另有其他变体。

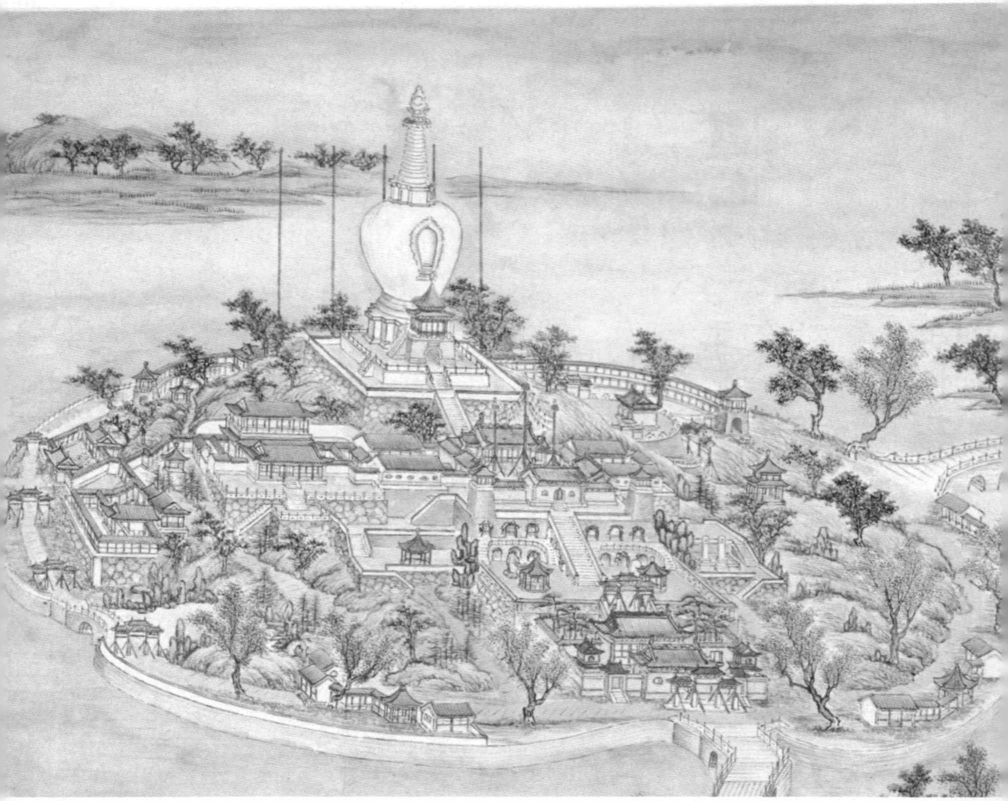

武陵春

绿蕙红兰芳信歇,金蕊正风流。应为诗人多怨秋。花意与消愁。

梁王苑路香英密,长记旧嬉游。曾看飞琼[1]戴满头。浮动舞梁州[2]。

武陵春

九日黄花[3]如有意,依旧满珍丛。谁似龙山[4]秋兴浓。吹帽落西风。

年年岁岁登高节,欢事旋成空。几处佳人此会同。今在泪痕中。

1　飞琼:即许飞琼,女仙。
2　梁州:即《梁州令》曲名。
3　黄花:菊花。
4　龙山:山名,在今湖北江陵西北。

武陵春

烟柳长堤知几曲,一曲一魂消。秋水无情天共遥。愁送木兰桡。

熏香绣被心情懒,期信转迢迢。记得来时倚画桥。红泪满鲛绡[1]。

---

1 鲛绡:丝织的绢帕。

解佩令

调见《小山乐府》。以晏几道《解佩令》(玉阶秋感)正体,双调,六十六字,上阕六句,四仄韵;下阕六句,三仄韵。另有其他变体。

解佩令

　　玉阶秋感,年华暗去。掩深宫、团扇无绪。记得当时,自剪下、机中轻素。点丹青、画成秦女。

　　凉襟犹在,朱弦未改。忍霜纨、飘零何处。自古悲凉,是情事、轻如云雨。倚幺弦、恨长难诉。

行香子

又名《爇心香》《读书引》。双调,六十六字,上阕八句,五平韵;下阕八句,三平韵。另有其他变体。

行香子

晚绿寒红。芳意匆匆。惜年华、今与谁同。碧云零落[1],数字征鸿[2]。看渚莲凋[3],宫扇旧,怨秋风。

流波坠叶。佳期何在。想天教、离恨无穷。试将前事,闲倚梧桐。有销魂处,明月夜,粉屏空。

---

1 碧云零落:喻小云。
2 数字征鸿:喻小鸿。
3 看渚莲凋:喻小莲。

庆春时

调见《小山乐府》。双调,四十八字,上阕六句,两平韵;下阕五句,两平韵。

庆春时

倚天[1]楼殿,升平[2]风月,彩仗春移。莺丝凤竹[3],长生调里,迎得翠舆归。

雕鞍游罢,何处还有心期。浓熏翠被,深停[4]画烛,人约月西时。

庆春时

梅梢已有,春来音信,风意犹寒。南楼暮雪,无人共赏,闲却玉阑干。

殷勤今夜,凉月还似眉弯。尊前为把,桃根[5]丽曲,重倚四弦看。

---

1 倚天:靠着天,说明楼殿高大雄伟。
2 升平:指太平盛世。
3 莺丝凤竹:指饰有莺、凤装饰的弦乐器和管乐器,这里泛指音乐。
4 停:留。
5 桃根:晋王献之妾桃叶,其妹为桃根。

喜团圆

以晏几道的《喜团圆》(危楼静锁)为正体,双调,四十八字,上阕五句,两平韵;下阕六句,两平韵。另有其他变体。

喜团圆

　　危楼静锁,窗中远岫,门外垂杨。珠帘不禁春风度,解偷送馀香[1]。

　　眠思梦想,不如双燕,得到兰房。别来只是,凭高泪眼,感旧离肠。

1　解偷送馀香:指晋贾充女慕韩寿,将晋武帝赐贾充的奇香偷取赠寿。

忆闷令

调见《小山乐府》。以晏几道《忆闷令》(取次临鸾匀画浅)为正体,双调,四十七字,上下阕各四句,三仄韵。

忆闷令

取次临鸾[1]匀画浅[2]。酒醒迟来晚。多情爱惹闲愁,长黛眉低敛。

月底相逢花不见。有深深良愿。愿期信、似月如花,须更教长远。

---

1 临鸾:对着鸾镜。
2 匀画浅:淡淡地匀粉画眉。

梁州令

原为唐教坊曲,后为词牌名。一名《凉州令》。以晏几道《梁州令》(莫唱阳关曲)为正体,双调,五十字,上阕四句,三仄韵;下阕四句,四仄韵。

梁州令

莫唱阳关曲。泪湿当年金缕[1]。离歌自古最销魂,闻歌更在魂消处。

南楼杨柳多情绪。不系行人住。人情却似飞絮。悠扬便逐春风去。

---

1 金缕:即金线。唐宋时贵族妇女衣饰用物,多用金线盘押成各种花鸟纹饰,叫金缕。此处指衣服。

燕归梁

调见晏殊《珠玉词》。以晏殊《燕归梁》(双燕归飞绕画堂)为正体,双调,五十一字,上阕四句,四平韵;下阕五句,三平韵。晏几道《燕归梁》(莲叶雨)为此调变体。

燕归梁

　　莲叶雨,蓼花风。秋恨几枝红。远烟收尽水溶溶。飞雁碧云中。

　　衷肠事,鱼笺[1]字。情绪年年相似。凭高双袖晚寒浓。人在月桥东。

1　鱼笺:鱼书。

附录一

补 录

胡捣练

此调与《捣练子》异，或云似《桃源忆故人》，但上下阕起句有押韵不押韵之分。双调，四十八字，上下阕各四句，三仄韵。

胡捣练

小亭初报一枝梅，惹起江南归兴。遥想玉溪风景。水漾横斜影。

异香直到醉乡中，醉后还因香醒。好是玉容相并。人与花争莹。

扑蝴蝶

双调,七十七字,上阕八句,五仄韵;下阕七句,五仄韵。另有其他变体。

扑蝴蝶

风梢雨叶,绿遍江南岸。思归倦客,寻芳来最晚。酒边红日初长,陌上飞花正满。凄凉数声弦管。怨春短。

玉人应在,明月楼中画眉[1]懒。鱼笺锦字,多时音信断。恨如去水空长,事与行云渐远。罗衾旧香馀暖。

---

1 画眉:《汉书·张敞传》:"敞为京兆……为妇画眉,长安中传'张京兆眉怃'。"

丑奴儿

双调小令,四十四字,上下阕各四句,三平韵。别有《添字丑奴儿》,或名《添字采桑子》,双调,四十八字,两结句各添二字,两平韵,一叠韵。

丑奴儿

夜来酒醒清无梦,愁倚阑干[1]。露滴轻寒。雨打芙蓉[2]泪不干。

佳人别后音尘[3]悄,瘦尽难拚[4]。明月无端[5]。已过红楼十二间。

---

1 阑干:即栏杆。
2 芙蓉:指荷花。
3 音尘:音信、消息。
4 难拚:比喻难舍。
5 无端:指无因由,无缘无故。

谒金门

原为唐教坊曲,后为词牌名。以韦庄《谒金门》(空相忆)为正体,双调小令,四十五字,上下阕各四句,四仄韵。

谒金门

溪声急。无数落花漂出。燕子分泥蜂酿蜜。迟迟[1]艳风日。

须信芳菲随失。况复佳期难必。拟把此情书万一。愁多翻阁笔。

---

1 迟迟：和舒的样子。

图书在版编目（CIP）数据

小山词 /（宋）晏几道著. -- 成都：四川文艺出版社，
2021.7
　ISBN 978-7-5411-6018-9

　Ⅰ.①小… Ⅱ.①晏… Ⅲ.①宋词—选集 Ⅳ.
①I222.844

中国版本图书馆 CIP 数据核字 (2021) 第 087151 号

XIAO SHAN CI
小山词

〔宋〕晏几道　著

出 品 人　张庆宁
策划出品　磨铁图书
责任编辑　李国亮　邓　敏
特约编辑　胡瑞婷
装帧设计　所以设计馆
责任校对　汪　平

出版发行　四川文艺出版社（成都市槐树街2号）
网　　址　www.scwys.com
电　　话　028-86259285（发行部）　028-86259303（编辑部）
传　　真　028-86259306

邮购地址　成都市槐树街2号四川文艺出版社邮购部　610031
印　　刷　三河市嘉科万达彩色印刷有限公司
成品尺寸　140mm×210mm　　　　开　本　32开
印　　张　8.25　　　　　　　　　字　数　85千
版　　次　2021年7月第一版　　　印　次　2021年7月第一次印刷
书　　号　ISBN 978-7-5411-6018-9
定　　价　49.00元

版权所有·侵权必究。如有质量问题，请与本公司图书销售中心联系调换。电话：010-82069336。